漢薩・賽凡堤斯
以史諾菲爾德展開的聖杯戰爭之監督官身分受到派遣，隸屬於聖堂教會的神父。他主要的任務是目睹聖杯戰爭的進展，並從一般人眼中隱匿魔術與奇蹟，然而……
謎之英靈
在綾香面前現身，真實身分不明的使役者。自稱是「劍兵」職階，伴隨「×××××勝利之劍」這句話揮舞長劍將歌劇院半毀。
奧蘭德・利夫
身為史諾菲爾德的警察局長，也是參與聖
師。與魔法師的使役者締結契約，量產臘
領警察集團「二十八人的怪物」。

緹妮・契爾克

居住於史諾菲爾德的原住民族女孩。為掃蕩蹂躪原居地的魔術師們，
與黃金使役者吉爾伽美什締結契約並參與聖杯戰爭。

「要敬畏我是無所謂，畢竟此為理所
假使妳的雙眼雪亮，就憑那雙眼睛看

Fate strange Fake

2

成田良悟
Narita Ryohgo
插畫／森井しづき
原作／ TYPE-MOON
Illustration:Morii Siduki
Original Planning:TYPE-MOON

Kadokawa Fantastic Novels

間章

「蟬菜公寓的小紅帽」

此為隨處可見的怪談。

×

×

名喚「冬木」的土地。

城鎮中央有條大河通過，以該河川為分水嶺，將冬木劃分為高樓大廈與購物商城櫛比鱗次的具都會感的「新都」，與留存許多民宅與自然景致的「深山町」，是在同一片土地上兼具各種色彩的地方都市。

然而，這片土地有另一個不同面孔。

此處為日本屈指可數的靈地，由過去名為「艾因茲貝倫」、「遠坂」、「馬奇里」等三個家系的魔術師們，將此土地琢磨成某項儀式之基礎。

換言之，此處將化為魔術師們的儀式——「聖杯戰爭」的戰場。

這裡是歷經五次的聖杯戰爭，反覆面臨種種生與死、奇蹟與破滅之地。

然而，自第五次聖杯戰爭後歷時數年的冬木，與如此殺氣騰騰的色彩相去甚遠，被相當平穩的氣氛包圍。
說到底，這或許只是表面上的情況——
但至少這裡和平到勤奮投入社團活動的高中生們，會在休息時間閒聊的程度。

× ×

穗群原學園　弓道場前

放學後的片刻。
弓道社成員們在休息時間熱衷聊著不值一提的傳聞。
「……我是說真的，柳洞寺以前有穿和服的幽靈出沒！」
「沒聽說過呢。而且你說以前……那現在沒有了嗎？」
「嗯，聽說即使有靈感的人，現在也完全看不見。」
「是成佛了嗎？」
「嗯，畢竟是寺廟嘛。」
「話說回來，聽說那間寺廟的池塘裡有大鱷龜耶。」

就在這種怪談與閒聊都算不上的對話持續時，一名少女提起在冬木這座城市近年才誕生的怪談。

「喂，你們知道『蟬菜公寓的小紅帽』嗎？」

「沒錯沒錯，對耶，我們是一起聽的嘛。」

「是那位美綴學姊提過的怪談？」

此時，低年級生歪著頭介入高年級生之間的對話。

「啊，我沒聽說過那則故事。」

「美綴學姊？美綴學姊就是偶爾會來這裡玩的畢業生？」

於是先開啟話題的高年級生，看似愉快地敘述起那則「怪談」。

「嗯，這是我聽那個人提過的怪談……喏，在新都的玄木坂不是有間蟬菜公寓嗎？」

不過她的笑容卻倏地消失，再以奇妙的語氣繼續說道。

原因在於她清楚理解。

那則怪談與在數年前才發生的，實際出現過的共同自殺事件有所牽扯。

「這是從那棟公寓傳開的謠言……」

×　×

該都市傳說若非以怪談般的語調描述，實在是則相當單純的故事。

一對夫妻搬來位於玄木坂的蟬菜公寓。

這對夫妻有個不斷遭受凌虐的女兒。

是名總是戴著紅兜帽的年幼少女。

縱然察覺到少女的境遇，她的鄰居「A氏」依然事不關己地繼續漠視。

兩人的關係僅只於被虐待到連手臂都抬不起的少女，在電梯裡拜託「A氏」幫忙「按電梯按鈕」這種極度接近陌生人的關係。

然而，對年幼的少女來說，願意幫自己按電梯按鈕的鄰居，或許是比雙親更值得依靠的存在也不一定。

正因為如此——

少女在母親硬要帶著她自殺時，她才會在渾身浴血的狀況下逃脫，並尋求鄰居幫助。

少女無數次地敲響鄰居的家門求助。

但是——「A氏」以為又是平常的虐待而無視。

事不關己。

終究是與自己無關的事。

不論大門被敲響幾次，他都決定繼續無視。

儘管如此，大門仍舊被繼續敲響。

畢竟對逃脫的少女而言，只有「A氏」是能夠依賴的對象。

然而「A氏」卻將少女悲痛萬分的慘叫——將少女的性命，視而不見。

他提高電視的音量，將自身封閉在自己的世界裡。

反正，事不關己。

如此這般，少女被最為信賴的人物所背叛。

該夫妻的屍體於翌日被發現，但不知為何，只有少女行蹤不明。

只殘留明顯無法倖免一死的出血量痕跡，少女忽然消失無蹤。

疑似遭到凌虐的聲響消失後，取而代之是「A氏」每晚為深夜的敲門聲所苦。

然後於某天夜晚，「A氏」總算忍無可忍而去開門，眼前佇立一名戴著紅兜帽的少女——她滿臉鮮血說道。

『喂，幫我按電梯按鈕。』

×

×

「……就是這樣的故事！」

少女邊回憶邊粗略陳述完畢後，待在她隔壁的社團成員愣然說道。

「……讓妳來說就變得一點都不恐怖了耶。」

「就算是同樣的故事，原來換個人說就會變得這麼不恐怖啊……」

「要說哪裡恐怖，就是妳說故事的手法差勁到讓人覺得恐怖。」

說故事的少女在聽過這則故事的同年級男女學生倒喝采下，用力左右揮手。

「哎呀，要我說得像美綴學姊那樣好根本是強人所難！那個人講故事有夠有臨場感！」

「是啊，像是在長廊上的表演，那段實在很厲害……是說，故事裡一開始開門的時候根本沒有小紅帽！然後，是回過頭才發覺她就站在長廊最深處吧！」

「是這樣嗎？」

「就是這樣！妳還省略很多部分！例如A氏喜好孤單，還有跟刑警間的應對之類的，真是的。這起一家自殺明明是實際發生的事件，結果妳說得讓事件本身都變得很假了。」

其他社團成員也配合這番話，開始接二連三加入對話。

「學長，你講話太輕率了。哎呀，不過從拿實際發生的事件當怪談講的時候就已經很那個了。」

「咦，全家自殺是真有其事？」

「這麼說來，那起自殺事件，好像還有其他各種奇怪的傳聞。」

包含初次聽聞怪談的人正興高采烈地炒熱氣氛時，因為聽到半吊子的怪談而心生不滿的低年級生開始抗議。

「不過，既然都要聽，我還比較想聽那名畢業生學姊講。」

「就是說啊，聽這種只有結尾隨便帶過的故事，實在太差勁了。」

於是，說故事的少女就咯咯笑著答道。

「哎呀～至少她沒辦法再在這裡講故事嘍～」

「咦？」

「因為那個人講起怪談實在太恐怖，所以被老虎直接言明禁止。畢竟老虎很怕這類故事，不是嗎？」

「這麼說來，我的確聽說連田徑社都禁止講這類故事……據說還是因為有很膽小的學長姊在的緣故。」

「老虎平常雖然很粗神經，在奇怪的地方卻很精神脆弱呢。」

當一群人提起身為弓道社顧問的女老師的綽號時，老遠便響起「喂～！休息時間結束嘍～！」的聲音。

「唔哇，說人人到，是藤村老師。」

「已經到這個時間啦。」

「休息時間居然光講怪談就耗光了……」

學生們即使感到情報消化不良，依然為繼續參與社團活動起身。

一群人開始做準備，同時為休息時間沒聊完的話題戀戀不捨，又聊起幾句。

「……結果故事裡的A氏最後到底怎樣了？」

說故事的少女或許是對自己模糊的記憶感到羞愧，她悄悄地詢問同年級生。

「好像失蹤了。」

對方以輕鬆語調答覆後，即使覺得自己態度輕率，依然以稍微開玩笑的語氣說道：

「或許他現在還在躲小紅帽呢。」

此為隨處可見的怪談。

是冬木的年輕人會拿來低聲耳語，隨處可見的傳聞。

然而，這則故事卻有段在傳聞裡未曾提過的後續。

這則都市傳說的後日談，竟然編織於遙遠的異國土地。

「蟬菜公寓的小紅帽」。

將該怪談主角捲進去的，是遠比半吊子的流言蜚語更荒誕無稽的戰爭——

充滿虛偽的聖杯戰爭。

第二章
「第零日　深夜　英靈事件」

某處

「唉～是從那邊啊。哪裡不選，偏偏從『那邊』過來呢，棗子妹妹。」

法蘭契絲卡於黑暗中凝視從水晶球映照出的光景，百無聊賴般地沮喪道。

水晶球裡浮現的影像，是史諾菲爾德內一間老舊的歌劇院。

「真是的，召喚過來的英靈當然要是阿特莉亞妹妹啦。」

在影像中能望見一名少女的影子偷偷摸摸潛進歌劇院。

「既然如此，那還不如去不確定因素更強的西格瑪那裡。明明這樣做或許就會因為相乘效果而讓情況變得更有趣。」

身穿哥德蘿莉服裝的少女喃喃這般奇妙的話後，立刻找回笑容並繼續說道：

「好吧，這樣也好，反正我剛好想到有趣的遊戲。」

她靠魔術通訊與某人取得聯繫後，接著在黑暗中懶散地眺望水晶球約十分鐘，然而——

水晶球散發格外強烈的光芒瞬間，她察覺到影像內的變異，雙眼閃爍光芒並張口說：

「咦？咦咦？會是誰呢，咦？難道是刺客？」

她話還沒講完，影像內有更劇烈的變化造訪。

法蘭契絲卡激動萬分，凝視水晶球中的「屍體」後嘻嘻笑著。

「啊哈哈！好厲害！好厲害！馬上就出意外嘍！會變成什麼樣呢！」

法蘭契絲卡的雙眼宛如孩童般閃爍光輝，同時雙頰淫靡地潮紅並流露恍惚笑容。

「啊啊……啊啊……啊啊！她會怎麼做呢，阿特莉亞妹妹！主人在妳受喚而來的瞬間就已經死了，實在頗具戲劇效果吧？」

她邊說出危險台詞邊笑著，又笑，再笑——

當她看見接著從水晶球映照出的人物後，維持著笑臉將脖子往側邊扭轉。

「……咦咦咦？」

然後，腦中邊浮現問號邊嘀咕：

「那個『劍兵』……是誰？」

×

×

美國　史諾菲爾德

沙條綾香於部分崩塌的歌劇院中，詛咒著自己的命運。

即使這不過是自作自受所面臨的末路，她仍舊無法不詛咒命運。

因為如今將她捲進去的情況是異常再加上異常，只能認為是神或惡魔的惡作劇。

倒在她身旁的是人類的屍體。

不見任何類似外傷的傷口，其表情簡直像心臟直接遭到捏碎般苦悶而僵硬，無法感受到半點生命跡象。

儘管實際上在綾香眼裡看來，該屍體就像被某人徒手捏碎心臟般——然而那顆心臟不僅早已不復存在，別說此人胸口毫無傷痕，更遑論不見衣服破裂的痕跡。

而且，那名「捏碎心臟的某人」也早就不在此處。

因出現在她眼前的那名不可思議的男子，而不知逃亡至何處。

故事暫時回溯。

數分鐘前——綾香仍是被囚之身。

她遭到屍體——成為屍體之前的存在，也就是一名魔術師的咒具束縛了全身。

「妳居然以為那樣就算躲藏，我還真是被小看了。」

愕然開口的魔術師不斷來回掃視綾香全身，並歪頭感到不解。

「形似令咒的刻印……妳就是法迪烏斯提過的傢伙嗎，妳有什麼目的？」

「……誰知道。我只是照奇怪的白色女子指示才到這裡來。」

用冷淡口吻說話的綾香，眼眸中透露放棄世間萬物，以及對蠻不講理情況憤怒的色彩。

魔術師看見她這副模樣，嗯一聲後陷入沉思，並索然無味地編織言詞：

「原來如此，妳是被艾因茲貝倫的『肉偶』拋棄的悲哀迷途魔術師嗎……好吧，如果妳跑來妨礙儀式也會讓我很頭痛。不好意思，就讓我先解決妳吧。」

儘管魔術師讓魔力奔馳於布滿渾身的魔術迴路，但他甚至毫無殺氣，只是猶如流水作業般打算葬送綾香的性命，然而——

「……唔。」

他忽然停止動作，將手指抵在形似咒具的耳環上。
「好的…………把這女人？為什麼？」
魔術師看上去似乎是透過咒具在與某人通話，但綾香想當然爾聽不見對方的聲音。
「……原來如此，我明白了。我就陪妳玩玩吧。」
通話結束後魔術師嘆口大氣，再轉向遭咒具束縛的綾香。
「雖說是一時興起的遊戲，但我確實很感興趣。」
「……？」
「沒什麼，不過是確認召喚出的英靈，能對我宣誓多少忠誠心而已。」
魔術師的嘴角略微扭曲，邊嘻嘻笑邊繼續說道：

「過去譽為圓桌騎士王的清高英雄，是否能遵照指示『砍死毫無抵抗能力的女人』呢。」

綾香能理解的，只有自己可能會命喪於即將召喚出來的清高英雄之手這件事。
「假如那個圓桌某某人拒絕殺人，我就能得救……應該沒這回事吧。」
魔術師清楚答覆語帶諷刺並顯得倦怠的綾香。
「雖然也能試試用令咒控制英靈動手，但很遺憾，我不是為了玩個遊戲就消耗令咒的享樂主義者。屆時我只會靠那咒具扭斷妳的脖子。」
「這樣好嗎？你不先殺我，我可能會妨礙你進行儀式喔。」
「妳的聲音在發抖呢。別再逞強了。」
相較於已經陷入半自暴自棄並出言諷刺的綾香，魔術師則以淡漠態度繼續說道：
「妳知道為何我要刻意提起等同把將要召喚的英靈之真名說出來的情報嗎？」
「……？」
「因為我即將召喚的英靈，也是『下戰帖』的一部分。洩漏出去不僅沒問題，甚至還能透過妳的僱主，用力諷刺協會與艾因茲貝倫一番。雖然我覺得是無意義的行為，但我畢竟有收到等值的報酬。」
平常理應將隱匿資訊視為魔術師常識的情況中，接受「大肆宣傳情報」委託的魔術師，邊聳肩邊繼續說道：
「簡言之，妳賭命潛入的舉動，我們也已經考慮進去了。」
「……」
「其實眼下目的是要確認妳那模仿令咒的玩意兒，是否有阻礙召喚的力量……真是的，看來法蘭契絲卡連我們都視為玩具之一。算了，縱使妳的抵抗糟蹋了儀式，我該收到的報酬也不會變。屆時我也只能當自己賭錯邊，乖乖放棄就是。」

綾香感受著纏繞在自己頸項上的咒具一部分在蠢動，平靜地垂下眼。

魔術師將她拋在一旁，逕自來到設置於舞台上的祭壇前，開始詠唱咒文。

「根源為銀與鐵，基礎為石與契約之大公——」

該咒文對綾香而言僅是毫無意義地堆砌詞彙，同時也是邁向死刑的倒數計時。

「先祖為吾之先師×××××——」

——啊，真沒意思。

綾香彷彿事不關己般傾聽魔術師的咒文，同時輕聲呢喃。

——我的逃亡劇就要在這裡結束了嗎？

「降臨之風以壁隔之，緊閉四方之門——」

——這只是命運的惡作劇嗎？還是「那孩子」的詛咒呢？

希望最好是後者。

——不過……若真是如此，「那孩子」會這樣就心滿意足嗎？

假如有什麼理由或許還好一點。

為了讓自己能逃離即將死亡的現實。

「……？」

她冷不防察覺到。

魔術師的咒語響徹周遭，連帶自己體內都有股奇妙力量的洪流奔竄。

她感覺自身體內的血管彷彿化為鐵，並被外在的磁石吸引過去般。

但綾香立刻理解並非來自血管，而是從刻劃於自己身體五處的刺青附近感受到脈動。

是憤恨嗎，抑或是歡喜呢？

她產生猶如以刺青為主軸，自己渾身都在尖叫的錯覺。

叫聲逐漸拉高音量，好似要抹消咒文般。

然而魔術師似乎沒能察覺此項異變。

魔術師有所戒備，留意要持續輸送魔力進拘束咒具，但似乎不打算中斷召喚儀式。

再者，綾香也沒有樂觀到認為情況會演變成在此處發動某種壯大魔術就能幹掉魔術師，然後自己自動瞬移到安全地點。

——該不會是要自爆吧？

無論如何，自己都難逃一死。

受到這項事實影響，綾香內心不僅有恐懼在奔竄。

就連不想死的渴望亦然。

然而，這份情感卻有某種事不關己的感覺。

——不想死？為什麼？

——我連活著的目的都沒有，卻不想死？

這究竟是出於自己腦海浮現出的疑問，還是出於刻在手臂上的刺青，抑或是出於「白色女子」設計她的詛咒呢？綾香無法判斷。

因為刺青所演奏出的噪音，吵雜到讓她連初步的判斷能力都為之麻痺了。

簡直像為了即將出現的某種東西發出歡聲，或者是為了迎接而發出尖叫一樣。

如此這般，在下個瞬間——

「死亡」帶著形體降臨歌劇院的舞台。

但是卻非來到綾香身旁，而是到了理應身為她的處刑人的魔術師背後。

「從抑止之輪現身吧，天秤守護……者……？」

是從何時在場的？

至少「此人」在綾香眼裡看來是忽然出現。

一道如黑影般身披黑衣的矮小人影。

儘管能確認到黑色布料披覆此人全身，卻無從得知對方的長相。

不過她卻清楚感受到異樣修長的手臂從布料縫隙間伸出，再觸碰到受害者胸部的那一瞬間。

看見該畫面的綾香，在瞬間清楚理解了一件事。

自己置身的狀況早非她已知的世界——而是度過尋常人生的人們眼中絕不會看見的，世間陰影的陰暗面。

在理解的瞬間，她的視野裡出現一道嬌小人影。

是戴著紅頭巾的年幼少女。

這究竟是幻影或實像，陷入混亂的她無從理解。

——為什麼會出現在這裡？

——這棟建築物、明明就……沒有電梯……

「此人」在歌劇院舞台上以踐踏屍體般的形式現身，再朝綾香露出天真無邪的微笑。

在她理解那笑容的含意前，恐懼率先遍及全身。

綾香背脊發出嘎吱嘎吱聲顫抖的速度，與臂膀修長的黑衣入侵者捏碎出現在自身手裡那像心臟的物體的速度，究竟是何者較快呢？

「咳……噗……？」

魔術師就在根本不曉得自己身上發生什麼事的情況下，口吐鮮血。

他究竟有沒有意識到自己是被某人所殺呢？

綾香一邊感受黑衣人影與赤紅少女帶給她的恐懼，另一方面腦中同時浮現「啊，若被誤會人是我殺的會很煩呢」這種依然事不關己的不安。

或許她本能理解到若不這麼做，她可能會被恐懼壓垮。

當魔術師不再動彈的同時，束縛綾香全身的繩狀咒具也四分五裂地散掉。

綾香發覺自己的身體獲得解放，意識僅一瞬間鬆懈，但在那剎那——

原本在她視線範圍內的「小紅帽少女」消失無蹤——

取而代之的是逼近眼前的黑衣人影。

「……唔！」

停止呼吸。

「……妳是尋求聖杯的魔術師嗎？」

機械性的提問。

當對方詢問綾香的同時，與前一刻絲毫無法相提並論的寒氣化為無數尖針，穿透綾香全身。

綾香從聲音能理解對方是女性，或許比自己還年輕。

然而對方渾身釋放出的氣息卻冷酷而尖銳，甚至沉重到與前一刻說「我要殺了妳」的魔術師無法同日而語。

明明與對方是初次見面，卻能讓綾香相信幾件事。

——只要答錯一句話，就會被殺。

——甚至撒謊，也會被殺。

目前綾香尚未感到受對方的「殺氣」，但只要選錯一道選項，想必自己會連感受到殺氣的時間都沒有，就化為與眼前倒臥的魔術師相同的模樣吧。

如此確信的綾香，打算老實答覆黑衣女子。

「我……」

剎那——

光芒以包覆歌劇院舞台的形式溢出。

「！」

「！」

黑衣女子因警戒往後跳，但剛從束縛中獲得解放的綾香，連站起來都辦不到。

綾香瞇細雙眼，光是望向她認為是光源的方向就已經竭盡全力。

光芒中能窺見人影。

人影是——複數。

實在是不可思議的景象。

在不出數秒，甚至令人感覺時間彷彿靜止的空間中，複數人影的其中幾道當場下跪——

最後則是色澤格外濃厚的人影現身。

當光芒逐漸薄弱後，複數人影不知何時已消失無蹤，僅最後現身的色澤濃郁的人影留在現場。

是用莊嚴的裝束包覆全身，年紀尚輕的金髮男子。

金色髮絲間隨處參雜紅髮，儘管長相俊美，雙眸卻浮現野獸般炯炯有神的光輝。

就好比距離一步之處注視著那名男子的黑衣女子，能從她身上感受到色彩濃郁的「死」，從光輝中現身的男子同樣蘊含普通人所沒有的，非比尋常的「熱」。

這名男子仔細掃視過周遭後說道：

「這情況，還真是有點奇特呢。」

他交替望向倒於地上的魔術師屍體，與投射警戒目光的黑衣女子後——

男子忽然露出笑容說道：

「從妳那身裝扮，還有目前感受到的『力量』洪流……難道妳是跟『山翁』有關的人？」

「……！」

氣氛驟變。

儘管這是綾香完全無法理解含意的語句，似乎卻是觸及黑衣女子核心的一句話。

男子笑得不懷好意並挑釁黑衣女子般說道：

「無論如何，既然妳我都在尋求聖杯，那我們乃敵對關係便很明顯了，妳打算怎麼辦？」

聽聞此言的同時，黑衣女子殺氣騰騰地一躍而起。

簡直像地上的影子直接騰空躍動。

僅喘一口氣的時間就跳到舞台側幕，邊留下殘影並持續從包圍舞台的柱子跳往下一柱，當她於天幕的縫隙間交錯跳躍時，幾乎讓人產生她有數十分身的錯覺。

「哈哈！真厲害！我第一次看見比洛克斯雷還身手矯捷的人！」

男子雙眼如孩童般閃爍光輝，一邊講出某人的名字，同時讚揚起對自己投射殺氣並四處跳躍的黑衣女子。

「……」

或許是將這番讚揚視為挑釁，黑衣女子更加提昇跳躍速度——

她的身影冷不防消失。

「消失……了……？」

當綾香抬頭往上看，並如此茫然嘀咕的同時——

黑衣女子從現場所有人的死角現身。

並非從舞台上方，而是現身男子背後，其映照於地板的影子中飛竄而出。

異樣修長的手臂伸到男子後背的中心點，直逼心臟附近。

是與約一分鐘前屠殺魔術師時相同的，蘊含明確意義的死亡之手。

不過，手臂沒能碰觸男子的身體。

從某處釋放的箭矢彈飛女子的手臂。

「……！」

黑衣女子略微瞪大雙眼。

畢竟對她而言，這是完全來自死角的一擊。

因為該支箭矢是從男子腳邊——正是從投射於舞台地板的影子中唐突出現的攻擊。

「哈哈，被拿來比較讓妳有所不滿嗎？不過還是一如往昔的漂亮身手。」

打扮成貴族風的青年，說出並非是特別針對誰的喃喃自語，隨即浮現笑臉拔劍。

外型奢華的劍，就連綾香都能一眼看出那是王宮貴族之類的人物所使用的劍。

然後他依然保持笑臉，伴隨強而有力的詞彙——奮力揮舞。

——「××××勝利之劍（Excalibur）」。

光芒再度包覆歌劇院內部。

男子蘊含魔力的劍竄出雷擊般的光芒奔流，朝打算拉開距離的黑衣女子一直線猛衝。

然後——

綾香為眼前強光感到眩目，她的耳朵聽到劇烈的衝擊聲，接著耳聞某種物體崩落的聲響。

當她提心吊膽地睜開雙眼後，映入眼簾的是——

半毀的歌劇院與能從坍塌的天花板窺見的星空。

「……」

男子對陷入茫然自失的少女說道：

「試問，汝是我的主人嗎？」

聽聞這句話後，綾香無法追上瞬息萬變情況的腦袋，總算開始正常運轉。

她重新思考現狀。

看來魔術師打算執行的「儀式」已經平安地大功告成。

不過，似乎跟她事先聽說的情況大不相同。

根據強迫帶自己來到此處的「白色女子」的話聽來，從現場儀式中現身的，應該是類似昔日英雄的靈之類的事物。白色女子將他們解釋為「英靈」，不過綾香聽說出現的理應只有一名才對。

既然如此，那方才從光芒中看見的複數人影又是怎麼回事？

在男子瀕臨危機之際，擊出那支箭矢的是他本人嗎？

儘管綾香接二連三冒出疑問，卻又立刻覺得一切其實都無所謂。

她一邊讓自己冷靜下來，同時理解自身所處的立場，並為此感到噁心想吐。
魔術師的屍體倒在她面前。
他死了，就在自己眼前輕易地地死去。
然後男子確認起魔術師的屍體，卻只是略微歪著頭，沒特別受到打擊地說道：
「放心吧，似乎沒有一般民眾被捲進來。取而代之地好像也讓賊人逃掉了……嗯，居然能從我手中逃跑，真是不得了的傢伙。不過，事到如今我也不能回頭了。」
人的死亡，該視作理所當然嗎？
這對綾香而言是很難接受的情況。
——對了，是啊，沒錯。
——那名「白色女子」……就是想讓我做這種事嗎？
——「去參加聖杯戰爭」嗎？
——原來如此，既然是戰爭，當然會出現死人。
她思索著，為什麼會變成這樣？
為何會變成這種情況？
為何自己會落入步上此等人生的下場？
「基於此，我再問一遍。」

男子詢問起對過往感到心有不甘的綾香。

看樣子，對方似乎不打算給自己細細思索為何會來到此處的時間。

「……」

就在一切情況都被混亂包覆的當下──

她只對一件事下定了決心。

我已經無法再接受有任何人死亡。

假如被逼迫承擔這種事就是我的命運。

若是反抗就必須迎向死亡的話──

那麼我希望，至少能反抗過後再死去。

反正無論如何，自己都是毫無生存價值的人。

「我能當妳是我的主人嗎？我如妳所見，職階是劍兵。既然妳能接受的話，就趕緊締結完契約──」

綾香以蓋過男子講話的方式立刻答覆。

「不是。」

與其說她是已做好覺悟，不如說她是以接近半自暴自棄的態度從喉嚨裡擠出聲音。

「絕對不是。」

「什麼？」

她明白自己身上的刺青對男子的聲音有所反應，因此散發微弱光輝。若在此刻說出「我是你的主人」，恐怕就會如「白色女子」所言，連篡奪英靈也辦得到了吧。

不過她無視「白色女子」的意圖，奮力瞪向男子。

「我已經……不會再任憑你們擺布。」

她硬是按捺住來自恐懼的顫抖，同時斬釘截鐵說出形同做好捨棄自身性命覺悟的話：

「別來……干涉我。」

綾香認為她這麼說的瞬間，自己就會被男子的劍砍殺。

儘管與前一刻的黑衣女子不同，但她從眼前的男子身上，同樣感受到與普通人截然不同，異常強悍的力量。

對男子來說，普通人類肯定與螻蟻無異。綾香如此思考。

然而——一反此項推測，男子一臉為難般地歪頭，接著將劍收回劍鞘後說道：

「原來如此，妳不是我的主人啊，那也沒辦法。」

接著他邊嘆氣邊仰望半毀的天花板。

「這裡是歌劇院？真傷腦筋……」

男子不知為何似乎受到打擊般瞇細雙眼，再陷入沉思並雙臂環胸。

「我沒料到現代的劇院如此脆弱……只靠『座』給予的知識根本無從得知……」

男子喃喃自語地嘟噥，一邊消失在舞台側幕。

被留下的綾香目瞪口呆地經過數秒後，才吃驚地回過神。

「得救了……？」

不過在她如此思忖的當下——

「不准動！」

劇院的其中一個入口響起男子的怒吼聲。

綾香不僅知道與剛才的男子是不同人，而且立刻就能判斷其身分。

從入口處現身的男子們，他們身穿整齊劃一的服裝——即是警察制服，並拿著鎮壓暴徒用的電擊槍瞄準她。明明周圍不見人影，警察卻沒有拔手槍，這是因為綾香乍看下沒有武裝的緣故。

「雙手擺到後腦杓再趴到地上！慢慢地！」

「……咦咦——」

雖然綾香語氣倦怠，但她依然慢慢地照著指示做。

我怎麼看都是受害者吧？——儘管她如此心想，但一想到疑似炸彈恐怖攻擊的現場有非法入侵者在此，或許這也是理所當然的應對。

而且隔壁還躺著魔術師的屍體，甚至留有他用於儀式的可疑祭壇。
看來情況會變得相當複雜，她一邊這麼想，同時不經意地思索起別人無法理解的事。
——警察局……有電梯吧？
——啊啊……好憂鬱。
——不對，在那之前就會先因為「白色女子」的詛咒死掉吧。
警察們在綾香思考這些事的空檔包圍她，接著確認起死在她身旁的魔術師。
「喂！是妳幹的嗎？」
「不是不是，我是受害者。」
綾香以流暢英文如此答覆，一名警察按住她的手臂後說道：
「既然如此，這裡發生了什麼事？為什麼妳會在這棟進行改裝工程的歌劇院裡？」
「啊……不，那是因為……」
雖然她也考慮過撒謊說是被魔術師綁架來的，但只要調閱過周圍的監視攝影機就能揭穿她的謊言，想必屆時情況會變得更複雜。
但是，她又不能全部老實說出來。
其中一名警察或許是判斷含糊其辭的綾香行跡可疑，因此拿出手銬。
「我以非法入侵，以及做出破壞建築物的恐怖攻擊之嫌疑逮捕妳。聽好了，妳有權保持緘默……」

──啊，原來真的會講這段話。

綾香聆聽著經常出現在美國電視劇上的米蘭達警告，一邊懷抱如此感想。雖然她不曉得接下來會如何發展，但即使要死，被誣陷為殺害魔術師與破壞歌劇院而死卻讓她有些難以接受。

當她趴在地上如此思忖，睜開原本闔起的雙眼時──「她」再次出現在眼前。

披戴紅頭巾的年幼少女。

警察們彷彿看不見她似的，直接從少女身旁通過。

紅兜帽深深覆蓋，看不見鼻子以上的部位。

不過少女的臉龐轉向她，邊露出淺淺的微笑邊打算說什麼似的開口。

她不願意聽，也不想繼續看下去。

即使她這麼想，卻無法撇開視線。

綾香理解個中緣由。

這是從幾年前就禁錮己身，自作自受換來的詛咒。

當戴紅兜帽的少女打算傳達她什麼時──

「喂，等等。」

凜然的說話聲響徹歌劇院，紅兜帽少女的身影同時消失。

綾香與警察們朝出聲方向望去，發覺有名穿著奢華貴族服飾的男子，正站在三樓免於崩塌的部分，也就是孤立的ＶＩＰ席位。

——咦？是剛才的……

——為什麼他還在？

綾香腦中冒出疑問，男子則面向綾香與警察們單方面宣告：

「由我來證明吧，殺死那傢伙的，不是那個戴眼鏡的女人。」

「你是誰！站在原地別動！」

或許是距離的緣故，若干名警察手裡拿的並非電擊槍而是手槍，還一邊咆哮。

但是卻不見男子表現半點介意的態度，只是繼續坦蕩陳述：

「順便告訴你們，破壞這座歌劇院的也不是那女人。」

「什麼？」

「是我用這把劍幹的。」

警察們目睹拍打佩掛在腰際長劍的男子後蹙眉。

他們靠視線交換暗號，接著數人邁向ＶＩＰ席位。

儘管警察們似乎不相信男子說自己靠一柄劍破壞歌劇院，卻對自稱犯人的他有所警戒。

「小心點，他可能還有設置其他炸彈。」

男子或許是聽到警察如此輕聲交頭接耳，他一臉傷腦筋般地開口：

「被你們跟炸彈混為一談我也很頭痛……嗯？」

話講途中時，半毀天花板的其中一部分開始崩落。

「危險……」

綾香不禁低語，警察們也察覺到坍塌打算逃跑，但眼下狀況有幾個人似乎逃不掉。

於是待在ＶＩＰ席位的男子伸手至腰際的長劍，以類似日本刀的居合道架勢拔刀。

儘管威力不比剛才，但光芒仍舊從刀身延伸，接著徹底粉碎墜落的石塊。

不論是不曉得發生什麼事，在千鈞一髮之際獲救的警察們，或是待在安全位置沒有任何作為的警察們，皆恐懼到無法動彈。

施展完非比尋常絕技的男子，以堂而皇之的態度對雙眼瞪圓的警察們說道。

只有一瞬間將視線瞥往綾香的方向，露出淺淺微笑。

「這能當成我是犯人的證據嗎？」

×　×

同時刻　史諾菲爾德西部　大森林

「……能感受到奇怪的氣息呢。」

陪伴身為主人的銀狼，並花費一天推進森林結界化作業的槍兵英靈恩奇都，察覺到從城鎮方向流出的魔力亂流，感到費解地嘀咕。

「強大的靈魂周遭還有七個從屬靈魂，而其身旁仍能感受到奇妙的靈魂，這是為什麼呢？」

或許是察覺到恩奇都神經略微緊繃，銀狼不安似的發出嗷嗚一聲。

恩奇都邊撫摸主人的背脊邊溫柔說道：

「沒事的，今晚我不會行動。」

「為了最後能全力迎戰吉爾，我也必須做好萬全準備才行。」

×　　×

「此處是建築物部分崩塌的市中心歌劇院前，這座以超過五十年傳統為傲的歌劇院，究竟發生了什麼事！」

史諾菲爾德當地的有線電視台記者，正在半毀的歌劇院前進行實況轉播。

當記者採訪過數人後，再繼續找身邊的青年問話。

「不好意思，請問你知道現場發生了什麼事嗎？」

「咦？這是電視轉播嗎！唔哇，教授跟萊涅絲有在看嗎！」

被記者搭話的人，是名佩戴蒸汽龐克風手錶的青年。

「請問你是市民嗎？」

「啊，不是！我只是湊巧來這裡觀光的……這個嘛，其實我也不知道發生了什麼事，只是在睡覺時胸口忽然一陣嘈雜，於是我往歌劇院方向看，就傳出咚一聲，結果牆壁就開始崩塌！」

「胸口嘈雜？」

「啊，這個嘛……就是類似不祥的預感！是的！」

雖然記者將懷疑的視線拋向似乎想隱瞞什麼的青年——

但記者察覺到歌劇院的方向有動靜，因此不再繼續追問青年，僅是輕聲言謝後跑掉。

「早前進入劇院內的警察小組現在出來了！警察小組似乎拘捕了某人！難道歌劇院的爆炸並非意外，而是人為作案嗎！」

電視攝影機將從現場出來的人物，透過現場轉播放映至史諾菲爾德全區。
映出的人正是被警察銬上手銬走出劇院，身穿錯誤時代服飾的青年。

×　×

同時刻　史諾菲爾德西北部　柯茲曼特殊矯正中心

「真受不了，事情變麻煩了。沒想到最要緊的『劍兵』召喚地點居然會出意外……既然是法蘭契絲卡小姐的管轄範圍，看來是她的壞毛病又來了吧？」
法迪烏斯嘆息，然而這種程度的意外也在他的預料範圍內，於是他開始聯繫各處。
「是我，歌劇院一事就說是改裝工程用的塗料發生起火意外……」
語音未落，他便忍不住中斷對話。
「……恕我失禮，我晚點再聯絡。」
法迪烏斯切斷通話，將目光轉向無數並列的其中一個螢幕，也就是市內有線電視的現場直播畫面。
接著，當他目睹映在畫面上的人物後，首先就懷疑起自己是否陷入了敵對魔術師施展的幻術而見到幻覺。

恐怕越熟悉聖杯戰爭的魔術師，越會產生同樣疑惑吧。

無論如何，雖說是侷限市內播映的有線電視台——

但電視的直播畫面中，卻映出了貨真價實的「英靈」。

× ×

歌劇院前

湊熱鬧的群眾看見做出錯誤時代打扮的青年，邊嘈雜不已地交頭接耳邊面面相覷。

不論怎麼看，青年身上的裝扮都只像是為公演做準備的演員。

該不會是排演時有瓦斯之類的易燃物爆炸？

想起今天早晨才在沙漠發生的輸油管爆炸後，大部分湊熱鬧的群眾心裡都覺得「應該是意外吧」。

連記者都開始認為不是人為，而是是改裝時引起的意外。

然而——

被警察架走的男子卻在銬著手銬的情況下，出奇不意地一躍而起——居然僅跳躍數步就跳至車輛中最高的消防車頂上。

男子完全沒用到手，僅靠腿部的肌力就躍上車頂，不僅讓群眾驚嘆不已，連警察們都邊嚷嚷邊拿起電擊槍瞄準男子。

在這片喧囂與噪音中——

「聽好，民眾們！」

男子的聲音不可思議地響徹遠方。

「對於破壞了這座蓋來吟詩與演奏故事的無可侵犯的歌劇院一事，我感到萬分慚愧。這一切都是我的過失，我不會辯解。」

簡直像直接撼動腦袋般，言語的意義毫不費力地融入聆聽者的心靈。

猶如魔術的契約般。

「不過，我以向各位約定來代替辯解！我向吾等騎士道的偉大祖先亞瑟．潘德拉剛，與繚繞吾之故鄉的歌——偉大騎士們的凱歌發誓！我必定會賭上自身名譽償還破壞這座歌劇院一事！」

市民們默默聆聽他這番話。

這是段時間不足三十秒，連演說都稱不上的演說。僅從談話內容考量，或許是會令人心想「他在說什麼蠢話」而一笑置之的內容，但透過這名男子之口所吐露的言詞，卻伴隨不可思議的真實感撼動人們的耳膜與心靈。

其實他只是想靠賠償歌劇院或什麼手段來解決這件事而已吧？

這男人究竟是什麼人？

「感謝各位聆聽！祈禱各位的人生皆能充滿無比美妙的歌聲！」

基於疑問而造成的沉默支配現場，男子說完自己想說的話就心滿意足地從消防車下來。

然後直接坐上警車被押送警局。

任誰都被男子散發出的氛圍壓垮而啞口無言。

只有一人除外——那名剛才接受採訪的青年。

青年邊鼓掌邊對戴在手腕上的手錶兩眼發光地低語：

「好厲害好厲害！好帥！那個人八成是哪位國王吧！領袖氣質真不是蓋的！就這樣吧，傑克先生！也把你的真實身分當成是某位國王好啦！」

面對這份意見，化為手錶的狂戰士——即開膛手傑克於念話中大口嘆息。

『哎，確實有很多說法認為我的真實身分是貴族或王族……但你初次親眼見到敵對英靈的感

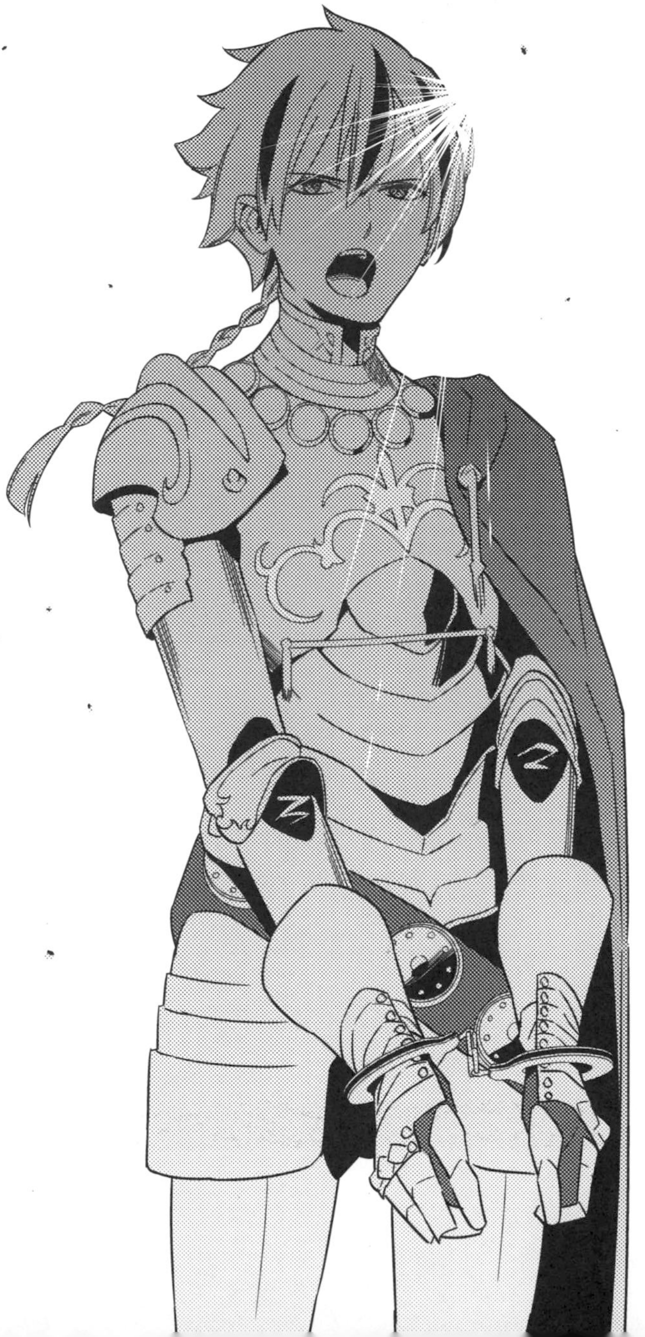

想居然是這樣？實在讓我不予置評。不過剛才他似乎說了亞瑟王云云，感覺好像留下很多關於真名的線索呢？』

「討厭啦，真實身分當然是要後來再知道才會既興奮又有趣嘛！對了，還是不要敵對，乾脆去找他當朋友好啦，而且他又那麼帥！」

『我真的對你有沒有理解聖杯戰爭的意義很不安耶！』

一組英靈與其主人在正在如此對話時，隨後悄悄走出的一名戴眼鏡女性，沒有銬上手銬就直接坐進警車。

由於湊熱鬧群眾滿腦子都在想剛才現身的男子的事，因此大部分人幾乎都沒注意到她。

然而，只有這個年輕主人——費拉特．厄斯克德司流露出奇妙反應。

「咦？」

『怎麼了嗎？』

「不，剛才那個人……是我的錯覺嗎？」

費拉特歪著頭目送警車離去，再繼續興致勃勃地與英靈對話。

不過雖說是念話，但由於費拉特會實際發出聲音，所以被周圍的湊熱鬧群眾視為「一邊自言自語，又一邊開心地手舞足蹈的危險分子」。

如此這般，即使是僅僅數分鐘內發生的事，對史諾菲爾德市民而言，「神祕男子的演說」卻化為令人相當印象深刻的事件烙印於內心深處。

不僅是待在現場的湊熱鬧群眾，對於透過有線電視耳聞男子聲音的人們也是如此。

再者，就連透過使魔或監視攝影機窺視到這一幕的魔術師們亦然。

×　×

同時刻　史諾菲爾德西北部　柯茲曼特殊矯正中心

「真受不了，縱然是預料外也該有個限度。」

作為「虛偽聖杯戰爭」的其中一名中心人物的男子──法迪烏斯因為棘手的現狀而交雜嘆息地搔頭。

「連個隱蔽的隱字都沒看見，明明在召喚的當下，應該會藉由聖杯獲得關於隱匿魔術的知識才對……」

法迪烏斯一邊同時看著有線電視的直播畫面與使魔送來的影像，一邊抱頭懊惱。

「與協會和教會為敵確實在預料內，而且也向魔術師們極力宣傳過了……但萬萬沒料到，居然會有英靈上電視後說要賠償一般市民，誰能想像得到？」

法迪烏斯彷彿在跟隔壁的部屬愛德菈抱怨般，同時微微搖頭。

即使僅透過使魔感受到的氣息，也能保證那名男子毫無疑問就是英靈。

「明明只要靈體化，別說手銬，警察根本連看都看不見他，他到底在想什麼……」

法迪烏斯接著聚焦在繼男子之後悄悄現身的眼鏡女。

「……刺青的女人……」

是半天前才來到這座城鎮，身體滿布類似令咒刺青的女人。

「應該有跟法蘭契絲卡小姐報告過啦，她前往歌劇院的事。」

法迪烏斯一邊哀嘆提昇了監視等級卻徒勞無功，同時腦內憂慮起幾項疑問。

——假如被警察逮捕是這女人的戰術呢？

——負責劍兵的魔術師去哪兒了？被這女人幹掉了嗎？

——該不會感覺到警察局有可能和我們是一夥的，所以才讓英靈潛入？

——不對，若真是如此，應該還有更好的辦法才對。

儘管法迪烏斯冒出的疑問綿延不絕，但他判斷眼下怎麼思考都找不出答案，於是憤恨地仰望天花板嘟噥道：

「……這一切都在妳的掌握之中嗎，法蘭契絲卡小姐？」

×　　×

某處

「啊，真是的！實在出乎意料！徹底出乎意料！不過，正因為會發生這種事，人生才讓人欲罷不能！真愉快呢！啊哈哈哈哈哈！」

法蘭契絲卡獨自在昏暗房間中捧腹大笑。

「呀哈、呀哈哈哈哈！呀哈哈！啊啊、啊啊、我受不了啦，真是太棒了！討厭啦，膽管跟脾臟都要扭曲嘍！」

法蘭契絲卡仰躺著並不斷猛力踢腿，展露發自真心的笑容。

同時她因激動而使雙頰潮紅，放聲吶喊。

「啊啊！啊啊！雖然至今為止我見識過好幾次聖杯戰爭，但『被警察逮捕的使役者』我還是第一次看見！真是的，就連為什麼明明使用了那件觸媒，卻沒有召喚出阿特莉亞妹妹這件事，好像都變得無所謂啦！」

隨後她繼續大笑約三分鐘，再抹去眼淚並起身，然後看向水晶球。

水晶球反映出的是那名「劍兵」英靈下了警車，接著被帶進警察局的景象。

「啊，原來如此，說得也是呢～」

法蘭契絲卡同意地頷首，隨即繼續愉快地自言自語。

「至少知道有一名英靈待在警察局的話，這下其他主人們無疑會盯上警察局呢！哇啊，大事不妙！」

「我會在這裡邊吃點心邊聲援你，加油喔！警察局長（新人小弟）！」

×　×

同時刻　警察局

「他就是……亞瑟王嗎？」

警察局長——奧蘭德．利夫在局長室用手指撐開百葉窗，並窺視停車場。

局長看著停車場內就「被押送」而言，那名走路方式實在過於坦蕩，疑似「劍兵」的英靈，一如往常地板著臉嘆了口氣。

「派去的二十八人的怪物成員沒有趕上嗎？」

「現場位於市中心，似乎是在他們趕去處理前，巡邏的員警們就先抵達了。」

女性祕書以平淡口吻報告後，再詢問局長今後的進展。

「請問該如何處理？在局裡解決他？」

「讓二十八人的怪物們到局裡集合……不過首先要調查一起被押送來的女人是不是主人。依情況，甚至有可能要締結聯手作戰的關係。」

「聯手作戰嗎？」

「如果法蘭契絲卡事前提供的情報正確，他應該是亞瑟王才對……不過他好像在電視上說過『向亞瑟．潘德拉剛發誓』吧？」

「是的，從前往現場的警官那邊也有收到這種報告。」

「既然如此，那自己向自己發誓實在很奇怪。有可能是與亞瑟王有關的英雄……也就是圓桌騎士的其中一人……但無論他是出身何處的英靈，既然是以『劍兵』為對手，就不可能毫髮無傷地打倒他。在解決掉主人後，直到他消失的這段期間，若被他的寶具擊中一次就麻煩了。」

局長於辦公桌上十指相扣，遮著嘴繼續對部屬說道：

「再說，如果那女人是能搶奪『劍兵』主人權的魔術師，想必她自然有某些策略。」

「這很難說吧？也可能只是單純有魔術方面修養的外行人。」

「艾因茲貝倫的傀儡嗎？」

他於傍晚時分收到艾因茲貝倫的人造人進入城鎮的報告。

即使法迪烏斯與法蘭契絲卡也早已掌握此訊息，但關於這部分，他們卻尚未交換資訊。

不過，就算艾因茲貝倫沒有直接出面，也可能僱用外部的魔術師。若他們擔心遭到背叛，也可能設法找來只有魔術迴路的外行人，然後隨心所欲操控此人。

「也要考慮一下並非艾因茲貝倫，而是法蘭契絲卡在暗中搞鬼的可能性，她可是只要能享樂，不出五秒就會背叛我們的女人。法迪烏斯亦同，雖然我們是聯手作戰的關係，但想必他會因他的高層的意向而輕易斷絕跟我們的關係吧。」

局長稍微垂落視線，回想起英靈們在沙漠上發生的激烈衝突，結果造就出的巨大隕石坑，接著繼續說道：

「無論如何，既然不只吉爾伽美什，還有跟他拚得不相上下的英靈在，保險自然是越多越好。」

然後，他從警察局長與主人兩種身分的角度預測將來的發展，對祕書淡然下達指示：

「不論是英靈還是女人都別疏於監視。總之先挑選一個不知情的刑警，然後把那英靈當成打扮奇特且有恐怖分子嫌疑的人物處置。」

最後他再追加對自己而言最重要的指示：

「……監視魔法師的部分別懈怠。畢竟是那傢伙，他要是知道這件事，可能會講出『讓自己來調查這名英靈』這種話。」

「魔法師閣下的話，剛才他提出『要去賭場玩』的要求。」

聽到祕書語氣平淡的報告，局長同樣面無表情地立刻答道：

「駁回，只許批准提昇飲食品質的要求。」

接著當祕書離去的同時，局長的手指抵在太陽穴上憤恨嘀咕道。

「真是的……在這種鬥爭中，豈能容許有英靈跑去賭場。」

×　　×

史諾菲爾德市內　賭場旅館「水晶之丘」

此處是史諾菲爾德市內首屈一指的高樓大廈「水晶之丘」。

不僅是一流的旅館，同時設有市內規模最大的賭場，該設施的寬敞度與奢華度，據說與拉斯維加斯的一流賭場相比也毫不遜色。

話雖如此，若真是希望能享受賭場的人，通常會越過史諾菲爾德南方的沙漠，前往前方的拉斯維加斯，因此這裡的外國顧客並不算多。

儘管如此，此處仍為聚集於史諾菲爾德這座新興都市的富豪所喜愛，因此「水晶之丘」即以城裡最大規模的娛樂設施正大光明地坐鎮於此。

在這座賭場的一角，正展開一場豪賭。

不過對下賭注的那方來說，不過是單純的餘興罷了。

「全部押紅。」

基於這句隨口說出的話，宛如小山的籌碼被移動到輪盤賭桌上。

周圍身穿高價服飾的人們伴隨沉穩的交頭接耳聲，注視著這名豪賭之人。

身處視線中心點的男子——弓兵英靈吉爾伽美什呈現可視化狀態，表現出並不怎麼開心的態度坐在輪盤賭桌前的椅子上。

儘管他坐姿優雅，眼神卻銳利到彷彿在評估荷官的技巧。其身段與其稱為一流賭客，不如說整體呈現的氛圍更像賭場老闆。
與平常不同，他此刻髮型呈現自然垂放，穿著也非金色盔甲，而是花紋華麗的成套西服。
眾人目光自然聚集在一抵達賭場就持續大獲全勝的吉爾伽美什身上，目前賭桌上的下注額度已來到相當程度的富豪都會猶豫的金額。
最後當輪盤的球落到紅色數字上，歡呼與鼓掌聲同時遍及場內。
吉爾伽美什略微揚起嘴角，但並非因為賺到一大筆錢，而是因為那些純粹的讚賞讓他心情不錯吧。
他隨手捏起幾枚剛贏得的最高面額的籌碼，隨即留下比慣例的吃紅金額高出約五十倍的籌碼，離開座位。
接著，他收下賭場女服務生給的裝有雞尾酒的玻璃杯，來到人煙稀少的地方飲用。
「……不是什麼好酒呢。」
他悄聲自言自語後，腦中便聽到少女滿是歉意的說話聲。
（非常抱歉。）
「妳沒理由道歉。」
吉爾伽美什嘴裡依然含著酒，以念話答話。
佇立他身旁的是身為主人的少女緹妮．契爾克。

在此州不允許二十一歲以下的人進入賭場，若是違法，連賭場方都會被科以嚴苛罰款。

但是，不僅沒有任何人責備待在賭場內的緹妮，甚至不存在將視線瞥向她的人。

「如何？沒人能看見妳吧？」

或許是周圍沒人的緣故，也或許是單純對念話不感興趣，吉爾伽美什在品嚐酒以外的時間都會直接開口說話。

（……是的，多虧吉爾伽美什大人賜予的戒指加護，真的非常美妙。）

套在緹妮小指上的是刻有古代蘇美文字的戒指。

「也不是加護那種了不起的東西，不過是能避開視線的玩具罷了。暫且不提不入流的雜種，但這戒指可沒瞞過魔術師與使役者眼睛的力量。」

吉爾伽美什在沙漠製造出巨大隕石坑約半天後，只撂下「自己的安危要靠自己保護好」後就不知消失到何處。

由於她能感受到魔力的維繫，因此判斷他並非消失或解除契約，但也想不出他到底是去做什麼了。

等時間來到夜晚，當他回到緹妮等人位於城鎮北側「土地守護者部族」的大本營時，已穿著不知從哪裡弄來的便服，放下瀏海的臉孔上浮現不怎麼高興的表情嘀咕道。

——「讓我見識這座城鎮有最多人與財寶往來的地點。」

就結果而言，緹妮最後帶吉爾伽美什來到城裡最大規模賭場的「水晶之丘」，以及包圍此處的鬧區。

縱然緹妮能揣測出他的意圖，但她也沒有理由反抗。市中心可說是敵人的根據地，一般魔術師自然會猶豫是否要前往——但即使緹妮理解情況，卻沒有太強烈的不安。她打從心底深信昨晚吉爾伽美什於沙漠揭露的力量，反倒是擔心自己是否會扯他的後腿。

然後，當緹妮在賭場入口被工作人員阻攔時，吉爾伽美什便將戒指交給她。

「假如有能辨識妳的人在，表示對方是具備相當眼力之徒。撇除盯上聖杯的賊人外，其他人要如何處置都端看身為主人的妳，與我無關。」

（……我明白了。）

緹妮對吉爾伽美什恭敬一鞠躬後，他提起在這一小時內的豐功偉業。

（話說回來，您方才的表現實在精湛。）

於是吉爾伽美什的手指將面額最高的籌碼彈到半空中，露出百無聊賴的表情說道：

「與技巧無關，只是在我庭院內的所有財寶終將歸結於我。區區賭博，對我來說與將自己金庫裡的金幣挪到行囊內無異。即使行為具備意義，卻沒有絲毫理由值得我享受遊戲。」

穿著現代便服的英靈重新觀察起周遭模樣後繼續說道。

「不過……這種地方就是這座城鎮裡最多財富往來的地點嗎？」

（因為我認為銀行和證券行的景象跟吉爾伽美什大人期望的不同，所以先行排除了。）

「原來如此。不過，還不壞。這座遊樂場會將貨幣兌換為其他貨幣，藉此創造出獨自的世界。」

（獨自的世界嗎？）

「是啊，貨幣是為雜種同時帶來成長與墮落的最棒發明物，我不討厭。然而這種程度的逸品，最大的用途竟然是『浪費』，實在是相當滑稽的形態。」

吉爾伽美什語畢後聳肩。

看來這名英靈喜歡豪華雄壯的事物，就連他目前的服裝醞釀出的氛圍，即使形容為典型的「在拉斯維加斯獲得花費不盡金錢的年輕人，得意忘形後的樣子」也並無二致。

相對於莫名熟悉賭場的吉爾伽美什，緹妮當然是第一次進賭場這種地方。

緹妮不安似的環視周遭，吉爾伽美什的聲音響徹她耳畔。

「既然是打算利用我力量的女人，就別為了我以外的人事物畏縮。」

（非常抱歉。）

「我也說過，幼童就有點像幼童的樣子，只要讓目中閃耀眼前所見事物的光輝即可，不過，在我面前世間萬物看起來都黯淡無光就是。」

（您說得沒錯。）

緹妮在這段難以分辨是玩笑還是認真的話面前，僅僅垂首。

看見她這副模樣的吉爾伽美什顯得有點不愉快地瞇細雙眼。

「要敬畏我是無所謂，畢竟此為理所當然之事。不過，可別盲信我。假使妳的雙眼雪亮，就憑那雙眼睛看清自身該邁進的道路。」

（？）

「不，不侷限於我。不論是『神』，還是你們提及的『大自然的恩惠』，甚至『祖先歷代的夙願』皆然。放棄思考，崇拜敬畏某項事物，與讓靈魂墮落腐敗無異。若與此相比，縱然令人不快，但直接打算將我當墊腳石的無禮之徒，或許還更有理睬的價值。」

聽到提起祖先的夙願後，緹妮才注意到他是在指摘自己。

吉爾伽美什喝乾玻璃杯裡的雞尾酒，並詢問起渾身僵硬的緹妮。

「雜種小姑娘，妳是選擇哪邊？所謂從魔術師們手裡奪回這塊土地，是憑妳的意志選擇的嗎？還是放棄選擇，作為將命運流轉當成藉口之人的傀儡才祭出此言？」

（……！）

「既然友人在場，我也打算認真享受這場聖杯戰爭（兒戲）。假如妳打算拋棄像幼童的一面，並利用我的話，那至少也做好將會曝露出妳內心本性的覺悟吧。」

（我……是……）

緹妮無法繼續以念話對答。

至少目前的緹妮沒有吉爾伽美什提問的答案。

她有賭上自身性命的覺悟。

也有殺死他人的覺悟，再者她早已弄髒雙手。

不過，若問此舉是否出自她的意志，或是受命運的濁流所推動，她自己也不清楚。說來，現在吉爾伽美什提起的問題，還是第一個會讓她思緒不斷穿梭的懸而未決之難題。

「算了，雖然烏魯克的子民在妳這年紀，大多都已心智成熟了，但我對這個時代的雜種並沒有抱此期待。」

吉爾伽美什彷彿並非想要得到答案，沒有特別強迫緹妮要繼續交談下去。

最後他再補充一句話，接著就邁向其他賭桌去。

「不過，若是能憑藉自身堅定意志將靈魂奉獻給某樣事物，倒也值得讚賞。」

或許他是回憶起某個特定人物，嘴角因此同時浮現某種緬懷過往的笑容。

「縱使他是在雜種們的眼裡看來，應當被稱為瘋子之流的人。」

×

×

市內某處　建造途中的大樓內

此處是位於距離史諾菲爾德市中心稍有距離的建造途中的大樓。

眼下原本就是工人不在場的夜晚，現在更由黑衣女子——刺客的使役者鋪設獨有的結界，因此呈現普通人連入口都無法辨別的狀態。

女刺客一邊讓身體休息，同時默默闔起雙眼，咬牙切齒。

她對面對身分不明的對手一度撤退的自己的弱小感到可恥。

或許她用上某種祕技吧，即使被「劍兵」英靈釋放的強烈一擊捲進去，其身體也沒受到半點損傷。

話雖如此，不僅是戰力與寶具，她甚至連對手的真名都沒摸清楚。

暫時撤退就戰略角度而言可能是正確的。不過在敵人面前一度撤退的事實，卻將她的內心按往深不見底的水裡。

——那男人認識「山翁（吾等首領）」。

——他到底是何方神聖？關於偉大首領們的神技，他究竟知道多少？

——……不過，那男人是被聖杯迷惑的其中一人乃千真萬確。

——必須思考解決他的步驟。

假如那名「劍兵」只是單單能不斷使出強烈斬擊的無能男子，那麼她只要大量使用寶具就能解決他吧。雖然這麼做讓自己魔力耗盡而導致消滅的可能性很高，但她不後悔。

尚未察覺自己與主人在魔力方面還有所連繫的女刺客如此下定決心，隨即開始思考擊敗該名男子的對策。

當劍兵被召喚來的瞬間，她感受到危險的氛圍。

在他出現前不久，確實能感受到那道光芒內存在複數氣息。

其中明顯包含非人者的氣息。

儘管隨後人影匯集為一道——但將「妄想心音（zabaniyah）」的手臂彈飛的那支箭矢，她不認為是那名「劍兵」所釋放。

更進一步地說，當時那支箭矢還塗有劇毒。

因為她的身體熬過長年修行得到抗性才不具效果，但那是能麻痺常人肌肉，使人無法動彈的那類毒藥。

那名男子看上去不像愛用毒之人，而且為何會有箭矢從影子裡冒出，既然還留有這些謎團，她便不能貿然進行戰鬥。

由於自己的不成熟，無法招致對手邁向必然之死。

想必若是偉大的首領們，面對該情況也不會皺半下眉頭，即可奪取那名謎之英靈性命。

無法辦到這點，正是自己尚不成熟的證明。

——該用什麼手段解決那名男人呢？

也能用上關乎自身抗毒性的寶具——過去名喚「靜謐」的首領所使用的散布劇毒的手段，但如此一來會將目標外的民眾捲進去。

她生前不停鍛鍊理應身為刺客的自己，全是為消滅信仰上的敵人。

而非為殘殺無辜之人。

漫步大街上的群眾內，或許也有他們的同胞。或者也可能有今後改過向善，進而成為他們同胞的人。

她今天整日不斷尋找魔術師的氣息，為此以潛入史諾菲爾德的眾多魔術師為對手。

若面臨不僅是異教徒，甚至明顯對自己抱持殺意之人的情況——她將會取此人性命。如果對方並非與聖杯戰爭相關的魔術師，自然就不是她非殺不可的目標。不過，若對手朝她使出含帶殺意的術式，她也沒理由放過對方。

非敵對的魔術師們，一旦知道她是使役者，幾乎所有人都會馬上說「令咒我會想辦法弄到手，跟我締結契約吧。」、「一起以聖杯為目標吧。」、「只要有聖杯就能隨心所欲。」——於是她刺穿他們的舌頭，讓他們暫時無法吐露墮落言詞。

若遇到只是來此地遊山玩水的魔術師，她會給予「這座城市舉行的儀式是從世間趨勢來看，無異為異端，別扯上關係」的忠告後離去。

如果時間充裕，她甚至會勸對方改變信仰，但眼下自己沒這份從容。

——排除這場聖杯戰爭的幕後黑手。

——我該做的事僅止於此。

她調整心情後站上大樓邊緣，接著再次縱身躍入夜晚的城鎮。

魔術師的氣息不僅還很多，甚至源源不絕。

她必須從中找出聖杯戰爭的幕後黑手，為了使侮辱首領之人遭到報應。

×　×

同時刻　某大樓　屋頂

從老遠監視著女刺客的主人——捷斯塔・卡托雷露出恍惚笑容，緩緩鼓掌並滔滔不絕地自言自語。

「啊……太美妙了！儘管就情勢而言算正確的撤退，妳卻恥於自己的不成熟。然而，這份心態卻屬於王者與騎士的自尊，妳沒必要煩憂！不過，就連這種事都會讓妳引以為恥，那種姿態實在美麗！」

捷斯塔同樣在暗中觀察歌劇院內的情況。

他以徹底遮蔽氣息的狀態目擊了事情全部經過，然而那名看似劍兵的英靈確實顯得有些異常。但從主人的眼光來看，撇除使用寶具的情況，刺客能贏過劍兵的機率算是微乎其微。

「妳從正面跟他廝殺或許會敗陣，但無需畏懼，畢竟妳是刺客。必須從暗處尋找敵人的空隙，伺機從背後給予致命一擊，基於此等不名譽的舉動來保護妳所堅信的名譽，就是妳的生存之道！」

捷斯塔逕自陳述起她的戰鬥方式，擅自讚賞起她的人生。

他獨自一人激昂不已，表露歡欣鼓舞的態度於黑暗中轉圈圈跳舞。

「何其純粹！名喚人類的物種，竟然還有殘留此般希望的果實！全體人類都該觀察並理解她的人生，互通心靈並模仿她才對！不對，我騙人！我剛才撒謊了！把她讓給人類也太浪費！應該由我來，我才最適合以眼神舔舐她、摧殘她，貪婪索求她的心靈！」

當捷斯塔吶喊完此番自私至極的言論後，他壓抑激昂情緒，俯視浮現於黑夜中的街燈並舔舐嘴唇。

「我不會讓給其他任何人，不論是在那片沙漠出沒的凶惡英靈，還是新登場的劍士英靈皆然。但我允許你們欺侮她，還請讓她感到絕望。不過，最後要吞噬她的人只能是我！」

此時捷斯塔一度止住笑意，瞇細雙眼讓視線朝黑暗本身投射。

彷彿瞪視著某樣人的肉眼所無法看見之物。

「包圍城鎮的星之奴僕（死亡信差），我也不會把那女孩讓給你喔！」

× ×

夢境中

騎兵沒有心靈。

替人類帶來死亡的系統，即是騎兵的本質。

身為主人的繰丘椿平靜沉眠的期間，他同樣在作夢。

但該行為卻是為回顧今天所發生的事，整理囤積起來的資訊。

對此他沒有任何期望與後悔。

不過是遵從聖杯的系統，為保護主人的安全與心願才去彙整資訊。

自從前往觀察沙漠的情況後已經度過整整一天。

根據騎兵彙整的資訊，目前和昨天沒有特別不同。

只是夢境世界中不斷重複著幾隻「鳥」開始飛翔，而看見該畫面的椿高興地說著「是小鳥！」。

——「我問你，那些小鳥也是你變出來的嗎？」

——「謝謝你！」

——「我最喜歡動物了！」

他讓椿這些天真無邪的言語不停重複。

因為這是昨日一整天裡，身為主人的少女最興奮的瞬間。

主人渴望的正是這種方向性。

騎兵確認這點後，開始著手進行自己該做的事。

以防當他的意見與椿的有所偏差時，才能夠立刻修正方向。

緩慢地，緩慢地。

為此，平靜地，凶惡地——他開始在城鎮內擴散。

×

×

市內某處

於周遭堆滿老舊書籍的空間中，魔法師重重地將腳搭在辦公桌上，愉快地笑著並凝視筆記型電腦的畫面。

「哦~只要在電腦裡輸入音符和歌詞，這張圖畫上的小姑娘就會唱歌嗎！這時代未免太強了吧！根本就不該是理會聖杯戰爭的時候！」

如此說道的魔法師玩起電腦一陣子，最後從電腦流瀉出的，是根本白白糟蹋此款高性能軟體的奇妙音階。

「……」

魔法師自己聽過這段樂音後，再嘗試與其他人創作的歌進行比較，接著信服般頷首。

「哎呀哎呀，雖然兒時也被小提琴老師說過，但我果然沒有音樂才華呢。沒辦法，只好專心應付聖杯戰爭吧。」

他伴隨嘆息切換電腦畫面。

於是畫面上接連不斷出現平常絕不會流傳到網路上，機密性極高的情報。

『確認到當成使魔利用的各種鳥類，全都由假死狀態復甦。』

看來此為來自關於史諾菲爾德的某個組織的報告，文章的字裡行間隨處參雜魔術用語。

『喪失身為使魔的功能，身體各處確認到疑似病源組織的斑點。』

『雖然未能發現病原菌一類，但能確認到些許魔力痕跡，擁有既像瑪那又像原力的奇妙特質。沒能回收到的另外數隻鳥類，可推測也同樣復甦。』

『該案例類型提昇為C級，以後歸法迪烏斯・迪奧蘭德氏管轄。』

接在這段危險的文字後，畫面又映出更加奇妙的資料，以及史諾菲爾德市內有線電視台的影像。

『接獲一名英靈被警察逮捕的消息，據稱對方是劍兵英靈。』

「哈哈，真的假的。不得了的傢伙跑來了呢！」

魔法師咯咯笑著，然後播放疑似錄影片段的「情報」。

然後他觀看劍兵演說的身姿，瞪大雙眼，將椅子前後搖晃並用力鼓掌大喊。

「這個好！看來警察局又要負責管這類麻煩的傢伙了吧！」

然後他對自己的主人，吐露參雜憐憫的苦笑。

「局長那傢伙真可憐，該不會都要胃穿孔了吧？」

魔法師一邊說得彷彿事不關己，同時掃視更多情報，以無比輕鬆的態度繼續自言自語。

「那麼就來見證即將展開的愉快七天吧！既然上帝用七天創造世界，那麼這些傢伙能用七天創造出怎樣的世界呢？」

然後魔法師似乎顯得有些遺憾，保持著笑容搖了搖頭。

「雖然我希望至少能存活到見證結局時，但我也一樣只有七天時間呢。」

魔法師用力搖晃椅子，椅子因此發出嘎吱聲，他一邊環視四周堆積如山的書籍，露出充滿自嘲感的笑容並低語。

「若是那位偉大的文豪（莎士比亞）想必能當面撰寫出精湛的故事，不過我頂多只打算在看臺上當一名愉快的觀眾而已呢！還要有好女人跟美味佳餚陪伴！哈哈！」

第三章
「第一日　未明　群像VS虛像」

賭場「水晶之丘」

「全部押黑。」

吉爾伽美什再度坐回輪盤賭桌前，用與方才完全相同的方式繼續賭博。

當差不多累積到連賭場方都無法忽視的金額時，出現了從旁混進這場賭局的人。

「我也全部押黑。」

吉爾伽美什狠狠瞪起隔壁座位放置高額籌碼山的男子。

「哦，你是打算如長印魚一般來掠奪我的財寶嗎？」

「怎麼可能，我對錢本身沒興趣。只是希望能分一點你的運氣。」

配戴誇張眼罩的男子邊竊笑邊說道。

「我接下來有項大事業，想先為自己打氣。」

輪盤的球於下一刻落在黑色數字上，周圍再度歡聲雷動。

「謝啦，多虧你讓我討個好彩頭。『財寶』我之後再歸還回你的庭院。」

男子說道，同時緊握與吉爾伽美什同樣高額的賭場籌碼。

惑。

「歸還庭院」。

吉爾伽美什耳聞此般說法後詢問道：

「哦，你偷聽到剛才我自言自語嗎？」

「自言自語？沒這回事吧？」

男子輕笑，再將視線轉向佇立於吉爾伽美什背後的緹妮。

「已經夜深嘍。那邊那個小姑娘，差不多也該讓她去睡覺了吧？」

（……！）

意識忽然集中到自己身上，緹妮大吃一驚。

可是，其他客人或荷官現在似乎仍看不見緹妮的身影，因此她對於眼罩男子所說的話感到疑

惑。

「原來如此，看來你並非普通雜種，報上名來吧。」

吉爾伽美什似乎對眼罩男子產生興趣，露出傲然的笑容後提問。

接著男子緩緩站起身並回答：

「漢薩．賽凡提斯。」

他從輪盤賭桌前遠離一步，披起原本夾在腋下的外套。

黑色外套上不知何時垂掛一條十字架項鍊，荷官與其他顧客則抱持著「為何神父會來這種地

方？」的疑問並再度費解歪頭。
自稱漢薩的神父暴露在周遭人的視線下，說出僅吉爾伽美什與緹妮才能理解的話。
「雖然來晚了，但我擔任這場戰爭的監督一職，還請多多指教。」
漢薩直接將賭場籌碼兌換為現金，接著邁向出口。
他周圍不知何時冒出四名隨侍他的女性。在名為賭場的地點與神父服交互影響下，造就出一股有強烈不協調感的景象。
「結果您還是直接穿神父服就進賭場了呢，漢薩先生。」
剛離開賭場時，四名女性的其中一人如此說道。
「我們是穿便服所以還好，但你果然還是很引人側目呢，漢薩。」
聽完另一名女性的話，漢薩邊苦笑邊答道：
「我也沒辦法。有消息指出其中一個主人的魔術師（小姑娘），還有疑似英靈的男子進入賭場，我根本沒閒暇換衣服……不過，麻煩對師父保密。」
漢薩邊聳肩邊對女性們說道。
「妳們才是，現在立刻去換正裝吧。昨晚沙漠上都出現隕石坑了，誰知道今晚又會發生什麼事。」

接著，他逕自邁開步伐前往市內某所設施。

「我先行一步，以監察官的身分去打聲招呼。」

「向疑似掀起這場胡來戰爭的幕後黑手之一的男人。」

×　×

警察局　審訊室

距離黎明尚且遙遠的時分。

史諾菲爾德的警察局審訊室，正進行著一場奇妙的偵訊。

「……那你叫什麼名字？」

耳聞板著臉孔的刑警這句話，被銬上手銬的貴族風男子坦蕩蕩地坐在椅子上回答：

「假如你對怎麼叫我感到頭痛，那就叫我『劍兵』吧。」

「劍兵（軍刀）？還真是別緻的名字呢。我們從你手上沒收來的那把劍，是從哪間雜貨店找到的？」

刑警以諷刺口吻詢問。

自稱劍兵的男子縱然理解話裡的含意，仍舊愉快地笑著說道：

「就容我行使叫緘默權的玩意兒吧。那柄是我中意的劍，萬一顧客蜂擁而至，結果賣光就不好了。」

「……你講話最好別太囂張，看你還打扮得一副像國王還是騎士的模樣。」

「你的觀察力很敏銳呢。原來如此，看來這國家的官吏很優秀。」

對於劍兵欽佩般的言論，警察備感焦躁地說：

「你腦袋有問題嗎？還是嗑藥了？」

「這個嘛，年輕時我也曾有過豹變居士（OceNo）這種綽號。看來在周遭人眼中我算是被歸類為奇特的類別，但對我而言這卻是讚美之詞。」

「原來如此，於是你這頭被煽動的豬趁著興頭上，就把歌劇院炸得稀巴爛？」

「我的確是在興頭上，當我察覺到自己被召喚到豪華絢爛的舞台上，為此變得趾高氣昂是事實。」

劍兵露出認真的表情對警察說道。

「你該幫我做的事，就是去調查為了修繕那間歌劇院，所需要的費用與工匠人數。只要你肯告訴我，我就會賠償。」

「這種問題你去問民事方面的律師吧，再說像你這種瘋子會有錢付帳嗎？」

「說沒有……就變成我在騙人。」

「難道你有賺錢的門道？」

名喚劍兵的男子身穿的裝束，逼真到讓人難以相信是在這附近舞會道具商店買來的，應該是要價不斐的商品。

偵訊的警察如此判斷，於是他打算嘗試從對方身上挖出某些情報，但──

「要不然由你出資也行，我會記住你的恩情。」

「你要胡鬧也給我差不多一點！」

刑警猛力拍打桌面，於是劍兵對他嗯一聲，隨即稍微陷入沉思後再開口：

「我不會要你無償出資，讓我來變點戲法給你看。我猜你們即將看到的這套戲法，可能是你們常識外的產物喔！」

「戲法？」

「是啊，我直截了當地說……很厲害喔！……你會嚇到喔！」

劍兵展露天真無邪的笑臉並如此說道，於是待在審訊室的警察們彼此互看，他們不懷好意地笑著並打算陪這名腦袋有問題的男子玩玩。

「哈！既然如此，那就讓我們見識一下你在這種情況下能怎麼辦。」

聽完其中一名警察的話，劍兵微笑頷首，接著他輕輕揮動銬上手銬的雙手。

「我手上什麼都沒拿喔，你們看清楚了。」

「……是啊。」

「……接下來，我要消失。」

「啊？」

警察們尚未理解對方話裡的含意，才因為費解而歪頭的瞬間——劍兵的身影便煙消雲散，殘留半空中的手銬掉到桌子上發出清脆聲響。

「……！」

「怎……」

全員陷入恐慌，他們伸手拿起腰際的手槍與電擊槍並掃視周圍。

「消失到哪裡去了？」

「發生什麼事！」

「千萬別開門！」

警察們的喧譁依然持續——但當他們一瞬間將視線從男子原本坐著的椅子上移開時，不知何時他又回歸原本的座位上，與前一刻不同的，只有鬆脫的手銬掉在桌子上這點。

「……」

警察們全體冒起冷汗並將手槍對準男子。

「別、別動！你別亂動！」

「我一步都沒動。所以我不是說過了嗎？你們會嚇到。」

當劍兵講完這番話後，簡直像在說玩笑就到此為止般抹去臉上的笑容，以嚴肅表情對警察們訴說：

「我當然也能穿牆逃離，也能想辦法對付你們。我還能在那座歌劇院避開所有人的視線離去。」

炯炯有神的目光簡直像要吞噬警察們的靈魂般，釋放威嚇感。

儘管如此，劍兵依然嘗試證明自己毫無敵意。

「這是以我的方式，表達對你們的『敬意』。」

「你說敬意……？」

「在討論我是否要償還破壞的罪責前，讓其他人承擔這份過錯有損騎士名聲。若是我做出這種舉動，想必將永遠沒臉面對我敬愛的故國先王。正因如此，以我的力量為證，請你們接納我打算賠償的意願。不過，我沒打算遭到拘束。我只是想證明那女人是無辜的，所以才會過來。」

聽聞劍兵沉靜訴說的言語，警察們緘默不語。

儘管男子的言論內容實在太不合時宜且荒誕無稽，然而眼前的男子不斷釋放出不容分說地逼迫他們接受其說詞的威嚇感。

「我之所以不憑武力驅除你們，是看在你們忠於自己的工作，對為維護人民安危而犧牲奉獻的尊貴志向表達我起碼的敬意。我答應被你們拘束到黎明。」

儘管劍兵嘴裡講出名為敬意的詞彙，警察們卻反倒以恐懼目光凝視男子。他們簡直像被蛇盯上的青蛙，絲毫無法離開現場半步。

即使如此他們依然繼續緊盯劍兵，想必確實是相當忠於自身使命的緣故吧。

劍兵或許是為他們仍對自己抱持敵意一事感到暢快，他開心說道：

「雖然我到黎明就會消失，不過，你們還是趁現在想想該找什麼藉口蒙混過去比較好喔。」

他在最後伴隨那張天真無邪的笑臉，補充一句怎麼想都只覺得是在開玩笑的話語。

「要不然，我也陪你們一起想？」

×　　　×

警察局　會議室

局長透過擺在辦公桌上的螢幕觀察審訊室情況，接著揉起太陽穴再嘆息。

「……看來他絲毫沒有『隱匿聖杯戰爭』的意識。」

接著他在眉間仍舊緊蹙的情況下，對身旁的女祕書下達指示。

「今後的監視和偵訊排除一般警察，全讓二十八人的怪物的成員擔綱，目前跟他待在同一個房間的成員都用暗示去操控記憶後打發掉。」

「我知道了。」

在祕書一鞠躬的同時，局長拿起置於辦公桌上的一柄劍。

「……這就是從他手上沒收的寶具嗎？」

「是的，看起來只像普通的裝飾劍……請問是因為真名尚未解放的緣故嗎？」

「不，這把真的只是名符其實的裝飾劍，感受不到絲毫魔力。」

語落至此時，局長突然察覺一事。

「……剛才那傢伙靈體化時，這把劍有消失嗎？」

「這個嘛……我的注意力也放在螢幕上，所以沒能留意。」

「嗯……」

根據法迪烏斯的調查部隊回傳的報告，昨晚吉爾伽美什似乎「射出」成千上百的寶具，如今卻沒留下半點痕跡。

儘管也可能是法迪烏斯說謊，但依然是基於某種力量，將射出的寶具回收至寶庫的可能性比較大。

「關於聖杯戰爭的黑盒子還很多。看來英靈和裝備的關係也必須仔細考慮一番。」

局長仔細眺望實際拿在手裡的「劍兵的劍」，考量關於今後的動向。

「晚點再去問問魔法師的意見吧……雖然我很懷疑他會不會正經回答。」

他將劍置於辦公桌上，邁開步伐走向會議室入口。

「我去見一下疑似主人的女人吧。」

「……直接接觸不會有危險嗎？」

「……隨便讓二十八人的怪物的成員接觸她，萬一被動了什麼手腳才麻煩。」

局長以凜然態度對表現出不安態度的祕書說道：

「若我沒有覺悟成為眾矢之的，最初就不會選擇這種戰術。」

×　×

同時刻　局內不同區域

結束偵訊後，綾香被押送進俗稱「監獄」或「拘留室」這類具備看守性質的地方，或許是疲倦不堪的緣故，她連眼鏡都沒摘就直接倒臥床鋪。

此處沒有鐵欄杆，而是被牆面與門扉包圍四方，因此徹底成為一間單人房。

房間不僅遠比綾香想像得更整潔，這種環境撇除狹窄這點外，比起在戶外搭帳棚露宿，或是住廉價旅館擔心蚊蟲蝨子要舒適得多。

雖然綾香曾聽說過美國不像日本，會明確區分看守所、拘留所與刑務所，但詳情她也不清楚。

無論如何，暫時出不去一事並不會改變。

她放棄掙扎，仰望起天花板後決定休息。

但她由於太過激動而無法入睡，反倒是剛才偵訊的內容不斷閃過腦海。

自己是什麼人？從哪裡來？為什麼會待在那種地方？看起來似乎是日本人，不過滯留美國的目的又為何？

對方提出種種打探嫌犯來歷的問題，儘管是稱不上運籌帷幄，只能算理所當然至極的行為，但對綾香而言卻痛苦到無以復加。

——啊啊，討厭、討厭。

——連想起來都嫌麻煩。

——不，不對，不是嫌麻煩。

只是不願意想起來。因為她畏懼著。

當她來到這片幅員遼闊的土地旅行時，即可忘懷過往。

能從罪惡中逃離。

——明明好一陣子都沒看見……

前一刻於歌劇院現身的紅兜帽少女。

綾香想像她那兜帽底下的微笑就不禁渾身冒汗。

綾香被押送進警局的這段期間，也好幾次被迫搭乘電梯，老實說她相當焦慮難安。她已經不曉得自己究竟有幾年沒搭過電梯，說起來，這也是因為她極力避免進入有電梯的建築物的緣故。

因為她曉得目睹電梯的當下，「紅兜帽少女」便會站在她身後。

雖然警察們似乎看不見，但綾香在局裡的電梯中，確實感受到她的氣息。只是儘管綾香怕到臉色鐵青，卻絕不會轉往少女所在的方向。

「自己和那名少女是陌生人，一切都事不關己。」綾香如此說給自己聽。

結果到頭來，她還是沒能理解紅兜帽少女究竟是「幽靈」，還是憑藉自己的意識所看見的「幻覺」，或者是其他完全不同的「某種事物」。

對綾香而言重要的，是只有她看得見紅兜帽少女這件事實。

她理應是為逃避那名少女才來到這座城鎮。

為什麼會變成這樣？

當她重新思索此事時，狀況面臨變化。

「沒事吧？妳的表情看起來很疲倦。」

視野角落忽然冒出現身於歌劇院的男子。

「！」

綾香嚇到整個人彈起來，不知何時進入房間內的男子向她搭話。

「妳別驚訝，我只要靈體化就能穿牆。因為偵訊暫時休息，我被關進前方不遠處的單人牢房，所以來看看妳的情況。」

男子於狹窄房間現身，看來真的是屬於靈體一類，因此才能輕易進入與外界隔絕的空間內。

兩人的距離遠比歌劇院時更加接近，綾香提高警戒站起身，背部抵著牆說道：

「……我應該說過別來干涉我吧？」

「妳不是我的主人對吧？」

男子用問題答覆冷漠詢問的綾香。

「……沒錯，我根本不是你的主人。」

綾香以斷然拒絕般的語氣斷言道。

然而聞此答案的男子卻像個淘氣鬼般笑著答道：

「既然如此，我就沒必要聽從妳的命令啦！」

「什……」

「接下來隨我愛怎麼干涉妳都行，我會好好照料妳的日常生活，妳要做好覺悟喔！」

男子愉快地說道，綾香則厭倦般搖頭。

「拜託你，別來管我。」

「雖然我希望能盡情滿足人民的心願，但也有不能照辦的理由。」

「理由？」

英靈男子開門見山地告訴面露懷疑的綾香。

「我想應該是施加在妳那些刺青裡的術式的緣故……刺青代替擁有令咒的魔術師，好像將我跟妳的魔力『線』連接起來了。」

「……啊？」

面對他突兀的說詞，綾香不禁蹙眉。

「換句話說，我是接收妳的魔力才能顯現於現世。我們擺明不是主人和使役者的關係，妳和我卻成為了命運共同體。」

男子坦率宣告後，繼續對目瞪口呆的綾香說道。

「要不是有妳在，我就無法從主人那獲得魔力來顯現於現世了吧。感激不盡，謝謝妳。」

男子打算跟綾香握手而伸出手，卻被綾香啪一聲揮開，接著她狠瞪對方。

「……如果你真的感激我，就別管我。」

「這點我拒絕！我會照顧妳，還會管妳的閒事，即使妳哭著說不要，我也會拚命出手相救。畢竟只要妳一死，我就會消失，屆時也無法拿到聖杯。」

「你說要從誰手上救我……？」

「當然是其他參與這場戰爭的人。不論妳是否為主人，只要魔力線跟我連繫在一起，自然會被其他人盯上。」

「實在糟透了……」

男子對抱頭懊惱的綾香說道：

「妳只要朝積極面想就好。例如比起陷入類似全身被剝皮抹鹽的情況來說，不必感到痛當然要好得多吧？」

「你舉例還真極端……」

「我常被這麼說，說我是不論做什麼都很極端的人。」

面對彷彿被褒揚而害羞的男子，綾香或許領悟到自己說什麼都是白費功夫，因此她轉換別的話題，打算藉此打探對方底細。

「你應該是貴族之類的人吧？你的自尊難道不會不允許被警察逮捕嗎？」

「比起被幽閉在山上的城堡時自然好上許多，畢竟還能自由外出。而且萬一妳替我受罰，這才更傷我的自尊。對了，但我可不是基於自尊才來救妳的。」

「所以我都說過你不必幫我……」

面對愕然嘆息的綾香，男子的態度與在消防車上演說時截然不同，語調相當輕鬆。

「總之妳就先喊我劍兵吧，雖然不對恩人報上名號實屬不名譽之事，但爾後我會見機告訴妳真名。」

接著劍兵重新面對綾香，以嚴肅態度詢問：

「妳能不能告訴我，為什麼妳會出現在那裡，那些刺青又是什麼？」

不過當劍兵一瞬間露出複雜神情後，搖搖頭再提出更重要的疑問。

「……不好意思，妳還是先告訴我妳的名字吧。」

×　　×

局裡　通道

也不曉得警察局長是否知道劍兵和綾香在單人牢房內交談，他以略快的步伐邁向單人牢房的區域。

然而當他來到電梯前時，有一名女性警局員工朝他跑來。

「啊，原來您在這裡嗎！有局長的訪客。」

「我晚點再見他……不，等等。」

因為他認為來者是政治家才往後推托，但對方也可能是法迪烏斯或繰丘。

局長判斷總之還是先問過訪客姓名，於是一度停下腳步後詢問員工。

「……是誰？」

「這個嘛……雖然對方自稱是教會的神父，但怎麼看都像可疑分子……」

神父。

局長蹙眉的同時想到另一種可能性。

最後該想法化為不祥預感，接下來女性員工說出的話使其準確應驗。

「他一直堅稱『只要告訴您是有關從日本遭竊的酒杯的話題，您就會明白』……」

×　×

市區

與警察局連接的一棟格外高聳的大樓屋頂。

女刺客平靜地調整呼吸，將意識集中在眼下俯瞰的警察局。

根據她在城裡調查的結果，那名劍兵英靈似乎被逮捕進警察局。

女刺客想既然如此，那就潛入警局內部，此次務必要以萬全狀態執行暗殺，但根據觀察警局的情況，她察覺到可怕的事實。

警局占地內設了好幾層魔術性結界，呈現撇除從正規入口進入的人員外，皆被徹底拒絕的要塞化狀態。

或者即使抹消氣息從正面入口進去，此處也設有五層、六層的破除陰術的結界。

白天她僅從旁邊路過，根本不會注意到。

這層層結界正是布置得如此巧妙，藉此從周圍的魔術師視線裡消聲匿跡。

經過她更集中精神觀察的結果，發覺建築物內部也能感受到好幾道「魔術師氣息」。

——難以置信。

儘管這座城市對她而言，原本就是「異教徒」占壓倒性多數，但被不計其數的宗教視為「異端」的魔術師，竟然能將一座城市的司法與行政組織納入手中的事實，她一時間還難以相信。

考慮到鐘塔的權力，在現代或許算不上稀罕。

不過，至少對與鐘塔無緣的她而言，算是衝擊性的事實。

縱然宗教不同，但這座城市同樣存在和自己尊崇同樣神明的人們。

在這種情況下，連異教徒都算不上的魔術師們竟然打算在暗地裡支配這座城市。

她可無法坐視不管。

鋪設如此大規模魔術結界的組織，怎麼想都不可能與在同一座城市舉行的聖杯戰爭無關。

重點是在這棟建築物中，還有身為「敵人」的劍兵英靈存在。

她深吸一口氣，下定決心要闖入敵方陣營內。

如果是她那時代的首領，就有可能如曼舞般從各種結界旁擦身而過。

但她很清楚自己的身手無法如此靈巧。

自己所能辦到的，頂多是模仿且運用直至前代的首領們的招式，並藉此戰鬥。

直到碰壁而粉身碎骨前，都只有不斷邁進。

即使如此也無所謂。

若是不成熟的自己能因此有所成就，光是這樣就能使人生獲得意義。

不，不需要意義。

自己需要的只有別去多想，盡情橫衝直撞而已。

她在黑衣下懷抱自己沉靜的決心，大步朝空中縱身跳躍。

當她落下的同時，甚至強行阻斷全體結界。

或許敵人會因此察覺自己的存在，但是無所謂。

畢竟敵人要全部排除。

她如此下定決心，化身一顆砲彈硬闖警察局的領域。

數秒後，鋪設於上空的結界被盡數擊碎——

狂信者決定憑隻身一人奮戰到底，好揭開她的戰事序幕。

要說她計算錯誤的，只有一點——

即是她絕非獨自一人，而是還有一名凶惡的援軍。

然而，對方卻是她絕不冀望出現的存在。

×　　×

賭場「水晶之丘」前　鬧區

「賭場嗎，真不錯。」

費拉特接受過歌劇院前的採訪後，就因為毫無睡意而跑來鬧區閒晃。他的視線被光輝眩目的大馬路上一座格外耀眼的賭場霓虹燈吸走。

化為手錶的開膛手傑克告誡這樣的他。

『這個州照理說未滿二十一歲禁止進入賭場。』

「啊，那我就不能進去了呢。真遺憾，原本想睽違地賭上幾把。」

『你之前有去過別的賭場？』

傑克以深感意外的語氣詢問，費拉特卻以緬懷過往的口吻答覆。

「我的故鄉在摩納哥，不過附近的海域漂著一艘非常大的賭博船，我曾經上去玩過。其實本來是有年齡限制的，但發生過很多事後，賭場老闆就特別允許我去玩……取而代之是希望我能露幾手我會的魔術給他看，所以我就表演好幾項給他欣賞。」

『……你的生存之道還真是跟我知識裡的魔術師徹底相反呢。』

「討厭啦，你別這樣讚美我。」

『不，我不會再多嘴了。既然這是你的生存之道，那就隨你高興。我只能祈禱你別被其他魔術師收拾。』

傑克錯愕訴說，然而賭船的話題似乎有稍微吸引到他的部分，因此傑克想繼續聊下去。

『不過，他說想看魔術……難道那艘賭船的老闆也是魔術師嗎？』

「嗯，聽說他好像原本是。」

『……「原本」？』

聽聞費拉特奇怪的說法，手錶上的數字盤略微傾斜。

「是啊，那個人從魔術師變成死徒了。」

『死徒？』

「吸血種……對喔，講吸血鬼的話你能懂嗎？」

聽到費拉特如此突然地祭出此言，傑克更加扭曲數字盤。

『確實是有我的真實身分是吸血鬼的說法……但即使是魔術師，這未免有些太像B級恐怖片了吧？』

「在現代復甦的開膛手傑克才更像B級恐怖片吧？」

『唔呃。』

聖杯給予英靈的知識，本來就只有足夠參戰聖杯戰爭的最低限度知識。傑克之所以不曉得，或許是聖杯判斷「吸血鬼的資訊與戰爭無關」的緣故。

費拉特如此思忖，接著對傑克進行簡單解釋。

「吸血鬼可是實際存在的。不過，在魔術上都會稱他們為吸血種或死徒。有些是被吸血種咬過後歷時數年變成同族的人，也有魔術師出身的人為追求長生不死或根源，而自己成為吸血種，情況是千奇百種啦。」

『魔術師能變成吸血鬼嗎？』

「你聽了可別宣揚，據說鐘塔的其中一位大人物就是魔法師兼死徒呢。」

『居然……』

傑克說出語帶訝異的發言後，對費拉特講出諷刺的話。

『但如果是你，可能會因為「感覺很帥」的理由就輕易決定當吸血鬼。』

然而費拉特回給傑克的答覆卻意外認真。

「的確很帥，但自己要當的話會有點排斥呢。畢竟有吸血衝動等諸多問題。」

『真意外，你竟然也有充滿常識的倫理觀。』
「還有就是，你看嘛，效率太差。」
『……？』
費拉特先將浮現疑惑神色的傑克拋在一旁，手指向城鎮一隅。
「啊，你看，說人人到。」
『怎麼了？』
費拉特的視線彼端，有一名青年站在通往警察局大馬路旁的人行道。
凝視著那名身纏某種銳利氛圍的青年，費拉特一邊若無其事地說道：
「在那邊笑著看往警察局方向的人……他就是死徒喔，大概吧。」

×　　×

警察局　大廳

「你就是奧蘭德·利夫局長嗎？」

深夜的警察局大廳幾乎不見一般人蹤影，頂多瞥見被值夜班的警察逮捕的不良少年偶爾擦身而過。

史諾菲爾德的中央警局大廳蓋得比普通警局寬敞許多，天花板不僅挑高到三樓，就連二樓與三樓部分的走廊都被視作局裡的設計。

該大廳與加州設計別緻的警察局相去甚遠，給人硬是將莊嚴的城堡近代化的印象。

展露詭譎壓迫感的大廳中心，有名男子釋放獨特的存在感。

是個配戴豪華眼罩並身穿神父服的男子。

光是這種男子待在警察局，就自然而然吸引不少路人的目光——但局長卻以坦蕩蕩的態度答覆這名來歷不明的神父。

「我確實就是利夫……你是？」

「漢薩・賽凡堤斯。是史諾菲爾德中央教會派遣來的……『監督官』。我這麼說你應該就懂了吧，局長閣下？」

「我不懂你在說什麼。」

漢薩對答話時面無表情的局長，不懷好意地笑著並攤開雙手。

「鋪設如此誇張的結界，假如你還想主張魔術只是興趣，或者是部屬擅自作主也行，反正不過是你的使役者敗退後你將會無處可逃而已。你應該也很愛護性命吧？」

「……」

聖杯戰爭監督官的主要工作，是親眼確認戰爭的進展，隱匿魔術或奇蹟免於被一般人目擊。不過，監督官其他還承擔「保護敗退者」的工作。

就算使役者敗退，只要本人打算繼續擔任主人，還有能找同樣失去主人只能等待消滅的使役者再締結契約，藉此回歸戰線的手段。為了防止該情況發生，收拾掉失去使役者的主人的魔術師也不在少數。

然而，已經失去幹勁的主人也很可能被其他參戰者盯上。而保護這些敗退者的人身安全，就是聖堂教會與監督官的工作。

說起來，即使之後再說「其實我是主人所以快來救我」這種話，就教會方針而言同樣會保護對方，因此剛才漢薩所言不過是單純的挖苦或虛張聲勢一類的話。

不過，局長似乎將他的台詞往更深層的含意解釋，因此警戒般地瞇細雙眼。

對於這樣的局長，漢薩展露輕鬆態度聳了聳肩。

「哎呀，我可不是在套你的話喔，奧蘭德．利夫局長。我已經明白你是跟鐘塔無緣的脫隊者。附帶一提，你還很不自然地在招集人材吧？大約有三十人，因為你的伶牙俐齒而從附近招募到許多警察，而且你還在這次戰爭開幕很久前就這麼做。以間接證據來說，應該很足夠了吧？」

「……不出幾天就調查到這種程度啊，實在了不起。」

「厲害的是教會的情報人員。如果你有閒功夫讚美我，還不如在下次星期日時多捐點錢吧。」

局長聽不出這番話是諷刺或出自真心，於是對出言輕挑的神父說道：

「無論如何，反正都不是能在這裡聊的話題。我帶你去接待室。」

「還是省省吧。既然你沒打算跟教會交好，那我也不想故意闖進來路不明的傢伙的巢穴裡。」

漢薩直接一屁股坐在大廳的椅子上。

他望向裝設在大廳柱子上的薄型電視後說道：

「剛才電視新聞上播出歌劇院意外還是事件的畫面，好像有拍到奇怪的傢伙呢。假如他是貨真價實的英靈，那你們隱匿儀式就已經失敗了。都怪你不聽勸，假如你打算哭著道歉的話，需要我告訴你第八祕蹟會的大人物的電話嗎？」

即使漢薩臉上掛著笑意，嘴裡卻講出明顯帶有敵意的挑釁之言，局長則露出冷若冰霜的神情答覆。

「不必擔心，沒有一般人能識破他的真面目。」

「是嗎？那我換個話題吧。那名英靈和他的主人在這裡嗎？」

「……如果我說是呢？」

「他們是教會情報裡沒出現過的使役者和主人。我希望至少能確認一下他們的長相，可以的話還想打聲招呼。如果主人是女性，我甚至想邀她去吃印度鬼椒炒什錦飯。你就算了，隔壁那位小姐，妳要不要也一起來？」

見話鋒忽然轉向自己，祕書維持面無表情地瞄了一眼局長。

局長嘆口大氣，對始終單方面提出要求的漢薩斬釘截鐵說道：

「容我斷言，我們的儀式與冬木舉行的截然不同，因此我們沒打算跟聖堂教會（你們）步調一致。你就儘管老實地向神明禱告吧。」

「話講完後，不用你說我也會去教會禱告。」

局長對口吻依然輕挑的漢薩說道。

「祈禱的地點不是在教會。是現在，就在這裡。」

「哦？」

「……剛才你說過『他們是教會情報裡沒出現過的使役者和主人』……對吧。」

局長的音調裡逐漸失去熱度。

「你們掌握情報到哪種程度？難道你們曉得連我們都不知道的情報？在你補滿這份情報差距前，我可不能放你回去。」

「抱歉，我換枕頭就睡不著。我能回去拿嗎？」

「你說自己叫漢薩‧賽凡提斯吧，你犯了一項錯。」

局長不理會對方的玩笑話，只是淡然說道：

「難道你沒想過這間大廳就已經是在我的巢穴裡了嗎？」

局長的音色變得更加冰冷。

漢薩同時察覺到。

直到前一刻為止還能隱約瞥見的一般人，如今消失得一乾二淨。

──驅離了嗎？

別說一般人，就連剛才都還聚集在此的警察和櫃檯人員等都從大廳離開得一個不剩。

取而代之是，連接大廳的複數入口處有警察們陸續現身。

所有人皆以冷靜表情凝視漢薩，並肩排列的舉動猶如要包圍他。

──這些傢伙……不是普通的警察。

漢薩光從站姿或走路方式，即可理解他們與「受過一般訓練的警察」有天壤之別。同時明白到他們沒有遭到洗腦，而是以明確意志佇立於這塊「驅離了人群」的空間。

漢薩環視周遭狀況後，繼續坐在椅子上狠瞪局長的臉孔。

「你想拘留我的話，罪名是什麼？」

「剛才你說『你應該也很愛護性命吧』吧……我從你的言行感受到性命危機，因此你那句話就被我明確地視為威脅了。」

「……局長先生，你連續劇看太多嘍。」

「你無權保持緘默，你的口供也不會成為呈堂供證。既不允許律師列席，法院也不會替你挑選公設辯護人。你儘管做好覺悟吧。」

警察們伴隨局長這番諷刺言論開始緩緩縮短距離。

「跟聖堂教會（我們）為敵可不是良策喔。雖然我在你們面前應該是束手無策，但要是你們單方面欺負這種對象，組織間的關係想必會出現裂痕。」

「我有同感。正因為如此，我才希望能跟你友善地共享情報。」

局長的視線冰冷到與友善相去甚遠，他俯視起漢薩。

「你別這樣威脅善良的一般市民了，我會放聲哭鬧喔。」

漢薩同樣露出別具挑戰意味的笑容緊盯局長。

當眾人都認為是一觸即發的瞬間——

局長的手機震動，頓時緩和現場的氣氛。

局長邊蹙眉邊退後一步掏出手機。

想當然爾，他沒有鬆懈對漢薩的警戒。

他慎重地將話筒抵在耳邊，手機內傳出不合時宜的開朗說話聲。

『嗨，近來可好啊，兄弟！』

「有事晚點再說，我目前在忙。」

局長聽到魔法師的說話聲後斬釘截鐵說道。

不過魔法師卻沒聽進去局長的話，只是直截了當地宣告：

『你現在立刻落跑吧，兄弟。要不然就做好全力迎擊的準備。因為念話被兄弟你徹底阻斷，所以我只好像這樣利用文明利器跟你聯絡。』

「……什麼？」

『你要是隨便掛掉我也很頭痛，現在有某個很不妙的朝你們那邊過去嘍。』

「這話什麼意思，為什麼你會知道這種事？」

『這是企業機密。好啦，你儘管加油！』

通話遭到中斷，局長因此蹙眉。

「受不了，真是難使喚的男人……」

不過，局長卻不認為這是通胡說八道或找他麻煩的電話。

畢竟局長早就理解魔法師的情報蒐集能力異常優異。

但是，他掌握事態到甚至能即時提出警告又是怎麼回事？

比感到疑惑還更快——

背脊一陣顫慄。

局長渾身血管發出扭曲的哀號。

正確來說，發出哀號的是穿梭他全身的魔術迴路。

——結界居然……可惡！怎麼回事！

鋪設好幾層的反魔術師結界。

如今簡直像遭到導彈直擊的防空避難室般，結界以驚人態勢於一瞬間遭到破壞。

若從物理方面舉例，就好比在美術館或銀行等地的警報系統連一次都沒啟動的情況下就溜進去，趁對方連遭到入侵一事都沒察覺到時行竊——局長設想的突破結界理應是這種方式才對。

然而對方的突破方式卻像直接在建築物牆壁上用炸彈之類的東西，硬是撬開一個洞。

換言之，突破結界者認為「穿越結界一事被察覺了也無所謂」——因此對方並非入侵，而是確切的「襲擊」。

「是你的同伴嗎！」

局長瞪向漢薩，但神父本人露出不知情的表情聳肩。

「如果是的話，我會很開心。」

稍微瞥一眼天花板的漢薩說道。

「如果我的同伴要來，肯定會走正門玄關或後門，而不是從半空中。」

「……」

——這傢伙能感應到嗎？

局長同樣也認知到結界被突破的位置在警察局上方。

不過，若論及有無遭到什麼攻擊，卻又沒特別感受到衝擊聲或震動。

究竟會出現什麼呢？

當他如此思考的轉瞬間——

建築物內的電燈全數熄滅，深邃的黑暗包覆局長等人。

×　×

單人牢房

「妳總算願意告訴我名字了。謝謝妳，綾香。此恩此德我必定償還。」

劍兵說盡各種甜言蜜語好不容易才問出綾香的名字，於是他高興笑著繼續提問：

「然後呢？為什麼妳會在這座城裡？」

「我是……」

要讓這名男子閉嘴，或許全部說清楚還更快。

如此思索的綾香棄械投降，打算將自己體驗至今的種種情況一一道出。

「我原本在日本四處逃竄。」

「四處逃竄？」

「我已經不曉得自己這麼做有幾年了。而且我輾轉去過各種地方……」

綾香以與其稱為憤恨不平，不如說蘊含某種畏怯的神色咬緊嘴唇，並開始拐彎抹角地描述過去。

「結果最後我還是回到最開始的城鎮上，然後在位於城鎮森林中的奇怪城堡裡……」

語落至此時，單人牢房的照明冷不防消失。

「咦？」

「嗯？」

劍兵與綾香同時環顧周遭，但連附設在單人牢房門上的小窗戶外都不見任何照明，得以明白警察局全區都在停電。

「……是停電嗎？我想應該會立刻切換成緊急照明。」

於黑暗中略顯畏怯的綾香如此說道，但劍兵卻響起參雜警戒的音調對她說道：

「……如果只是普通停電的話。」

×　　×

警察局　內部

緊急電源與主配電盤接連停止動作，讓局裡陷入徹底停電狀態的女刺客，趁著黑暗宛如疾風般在警局內四處飛奔。

儘管她偶爾會與拿手電筒巡邏的警察與刑警擦身而過，但她沒發出絲毫腳步聲，一邊躲避光源，同時化為蠢動的陰影在局裡縱橫無盡地四處奔馳。

——要以那名英靈為對手，自己也必須賭上性命才行。

她如此覺悟，同時繼續在局裡漫長的走廊急馳。

累積諸多特殊訓練的女刺客，移動時不必仰仗光線。

不論是風的動向或魔力的流動，乃至迴響的風聲，她能靠渾身上下觀察周圍狀況。

因此她同樣能察覺到周圍空間的能量流動。

這也是偉大先進們孕育出的神技之一。

她能感知到魔力與水、電與風這類能源的流動，憑藉她那異常敏銳的知覺能力，讓她無論在人造物中還是大自然中，都能如同自己身體的一部分去感受。

——「瞑想神經（zabaniyah）」。

她能夠利用該力量察覺電源的位置，再進行破壞。

總之她先以魔力濃郁的地點為目標，隨即宛如傾瀉的瀑布般飛奔下樓梯。

接著她抵達這間警察局裡，當下魔力最濃郁、流動最為紛亂的地點。

即是警察局內最引以為豪的寬敞空間，也就是正門玄關的大廳。

「……！」

就在女刺客幾乎同時闖進大廳的時刻，穿制服的男子位於大廳中央，正配合大廳照明燈位置施展光源魔術。

——魔術師！

如此判斷的女刺客頓時將自身肉體靈體化。

然而，即使她身為首屈一指的刺客，仍舊不敵光速。

直到她消失前的一瞬間，女刺客的身影已經映入包含魔術師在內好幾人的眼簾。

溶入光線的陰影。

僅能如此形容，類似亡靈的某種事物確實存在於大門入口處。

「什麼……？」

——居然是使役者……！

儘管只是一瞬間的事，但擁有令咒且身為主人的警察局長確認到對方是「使役者」。

——不是劍兵……雖然只看到一瞬間，但那傢伙的身體能力……是刺客嗎？

主人若是直視參與聖杯戰爭的使役者，即可獲得某種程度的「資訊」。

那是類似腦中出現一頁魔術書或一張羊皮紙的形式，配合本人意識進行最佳化——真名等訊息當然無從得知，但也能讀取粗略的身體能力或部分特性。

雖然僅目擊到一瞬間，以至於幾乎無法解析，卻仍舊能察覺對方在遮蔽氣息與隱密等特性上相當優秀。

在對方消失前看見的漆黑身影，將該使役者視為刺客應是妥當判斷。

——嘖……馬上就有在電視上看見劍兵的主人送刺客過來嗎……

因為使役者靈體化的緣故，局長等人也無法進行物理性干涉。

不過，很難認為對方會一直靈體化並留在現場。

畢竟英靈在靈體化期間，無法採取所有攻擊手段與防禦手段，若是魔術師或主人有攻擊靈體的方法，在這種情況下可能有被單方面消滅的危險。

因此在敵對使役者與敵對主人周圍維持靈體化算不上良策。

切換靈體化與實體化的瞬間亦同，在電光石火的戰鬥中甚至會成為致命性空隙。

——恐怕還是朝對方已經實體化，然後潛入某處的方向想比較好。

此處是挑高大廳，包含突出的二樓與三樓部分的通道在內，存在無數能隱身的地點。

局長如此思考，因而警戒周遭。

即使令咒用手套藏住了，也不曉得自己是主人一事曝光的可能性有多少。

考慮到最壞的情況，對方有可能不是來找劍兵而是來收拾自己，當局長為此打算解讀對手的下一步時——

不知何時移動到大廳角落柱子旁的漢薩，他的一句話卻大幅縮短下一步動向的範圍。

「哦，剛才那是你的使役者嗎，局長閣下？」

若無其事脫口而出的一句話。

但局長卻即刻理解這句話有何含意，因而憤恨瞪起漢薩。

「你這傢伙……已經超出監督官的職責範圍了吧……」

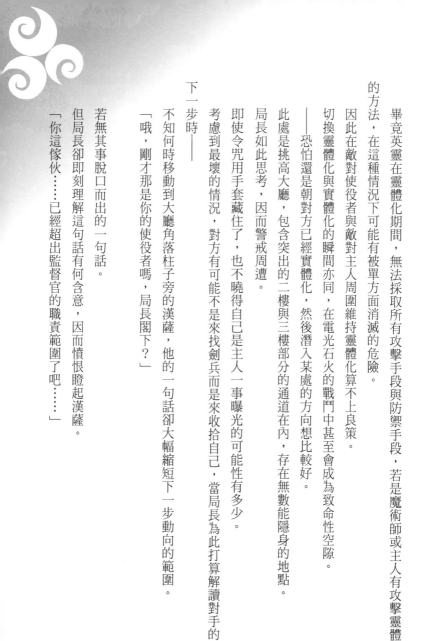

「你不是不需要教會的監督官嗎？」

漢薩露出壞心眼的笑容，一邊雙臂環胸並倚靠柱子。

彷彿在主張不論接下來發生什麼事，自己終究只是旁觀者。

「這不過是對威脅柔弱一般市民的掌權者的一點微不足道的抵抗。」

——異教徒的祭司嗎？

假如他是為確認聖杯存在才派來的監督官，那對刺客來說也是必須戒備的對象。

不過，若他真的只是為確認聖杯真偽才被派遣來的中立人物，那他與大街上的異教徒相同，都不是該取其性命的對象。

然而，被該監督官搭話說「那是你的使役者嗎？」的那名叫「局長」之類的人可不能放過。

有鑑於能在警局鋪設好幾層結界，以及最初會由有地位的人來擔任主人一事，即使是疏於憲政的她也能簡單推測出。

推測出疑似是這間警察局「局長」的男子，恐怕是與聖杯戰爭骨幹有關的人。

因此優先順序在她心中重新分配後，她認定眼下時間點最優先的目標並非「歌劇院的騎士」，而是眼前的「警察局長」。

必須先逮住他，然後揪出籌謀這場聖杯戰爭的幕後黑手們的情報。

她下定決心之後再處置他，於是在三樓通道部分，也就是從樓下看上去會形成死角的位置實體化，決定狙擊局長。

她轉換為能使用最適合捕捉魔術師的寶具的姿勢。

在這個時間點，她認為敵人僅有局長一人。

下個瞬間，蘊含凶惡魔力的箭矢卻朝她逼近。

「……！」

完全是來自死角射出的一箭。

若非為奔馳於黑暗而鍛鍊出的敏銳感官，直到被直擊為止恐怕都不會注意到。

她感受到空間內的魔力喧囂，還有類似拉弓般衣物摩擦的微弱聲響，因此倏地察覺到自己遭到狙擊。

女刺客將關節扭曲到幾近不可能的程度，藉此扭轉身體閃過逼近自身心臟的箭矢。

躲開的箭矢就這麼在通道上筆直前進——隨即刺進射手所見位處最深處的牆壁。

刺中的同時甚至掀起驚人破壞。

牆壁爆散，從貫穿鋼筋水泥的洞還能窺見更裡面的房間。

她不曉得是基於何種作用，才能讓牆壁爆散。

但唯一能確定的是——

此為具備相當充分的威力，是能致人類或尋常英靈於死地的一擊。

×　　×

單人牢房

「……剛才的聲音是怎麼回事？」

從遠處確實能聽到理應是從同一棟建築物內傳來的破壞聲響。

綾香感受到地板輕微震動，於黑暗中不安地說道。

「難道，是盯上你的誰跑來了嗎？」

「有這種可能。」

劍兵如此說道的同時，周圍亮起黯淡光輝。

宛如螢火蟲般柔和的光芒滿盈於單人牢房內，照亮綾香茫然的臉龐。

體積如彈珠程度的水珠飄浮在半空中，從中直接透出亮光。

「你會用魔法……？」
「不是魔法，是魔術。」
「我不太懂兩者的區別。」
「花費人力與時間就能重現的成就即是魔術，憑藉現代人之手絕對無法觸及的奇蹟則為魔法……似乎是這麼回事。因為我不是魔術師所以不太清楚，但隨著科技進步，許多原本歸類為魔法的似乎都轉化為魔術了。」
綾香耳聞劍兵說得彷彿事不關己的一番話，凝視釋放光源的水珠一邊費解歪頭。
於是劍兵露出略顯歉意的表情搖頭說道：
「說起來，這也不是我放出來的就是……」
「？這是什麼意思……」
在綾香的疑問脫口而出前，劍兵的身影冷不防消失。
「啊，慢著……」
伴隨發光水珠留在單人牢房的綾香大口嘆息，再次躺回床上。
接著，結果是她僅僅數秒就再次起身。
因為單人牢房的門喀嚓一聲開啟，劍兵在門口若無其事地探出頭。
他邊晃動手上的鑰匙串邊竊笑道：

「我偷偷地借鑰匙來嘍。」

「你居然說借來……」

「越獄嗎……呵呵，總覺得有點興奮呢！」

「騎士的名譽都上哪兒去了？」

劍兵面對語帶錯愕的綾香，十分開心地雙眼閃爍光輝並斷言道：

「我當然願意賠償歌劇院，也不會打破被官吏們軟禁到黎明前的諾言，但在那之前得先讓妳逃到安全的地方。」

「……這間單人牢房才是最安全的可能性呢？」

「很難說。這間警察局很怪，據說四處都鋪有結界。」

綾香聽到劍兵轉述般的口吻後不禁蹙眉。

「你講據說……到底是誰說的？」

於是劍兵在露出無畏笑容的同時打開單人牢房的房門。

外頭似乎沒有守衛，只聽得到其他單人牢房囚犯們的嘈雜與抗議聲。

劍兵牽起綾香的手，讓發光水珠漂浮於前方一邊走出單人牢房區域外。

「哎，一言難盡啦。」

「我不太懂你的意思……結界是怎麼回事？這間警察局有魔術師？」

「不僅如此，連建築物結構本身就已經很類似結界的樣子。最壞的情況，甚至能朝這建築物內的所有人都是魔術師的方面考量，但從剛才的偵訊情況來看，似乎並不是。」

接著他露出略顯嚴肅的表情告知綾香。

「不過，這間警察局是為了魔術師所打造，這點千真萬確。若那與聖杯戰爭有關，這問題的狀況就不太好了。」

「為什麼？」

「最初他們可能是為了找我和妳聯手作戰，或是打探什麼東西……但假如剛才的震動是來自其他使役者的襲擊，他們就可能會在找妳聯手前，趁妳尚未與他們為敵便解決妳。這項推測似乎也有根據可尋。」

「有根據？」

劍兵面對綾香的提問卻暫時陷入沉默，他待在距離單人牢房有點遠的位置，猶如在向某人抗議般輕聲嘟噥。

「喂喂……這種事怎麼不早說啊。要是我知道，就直接砍了門立刻離開這裡了。」

「？你在跟誰說話？」

「啊，抱歉。妳就當成我在自言自語吧。」

劍兵稍微道歉後，關於綾香提問的「根據」，他依然以轉述般的口吻答覆。

「現在這間單人牢房的天花板……似乎設置了藉由控制空氣組成，隨時能靠缺氧殺死屋裡人的術式。」

×　×

大廳

當她躲避箭矢的同時，也確認到擊出箭矢之人的身影。

是穿著警察制服的年輕女性。

其背後揹著與制服毫不協調的箭筒，拿在手裡的也非常規裝備的手槍與警棍，而是和自己身高相當的長弓。

——寶具！

——那個女人……是「警察局長（那名男子）」的使役者。

一眼就感覺到那把弓是「寶具」的女刺客，判斷年輕女性是「與局長締結契約的弓兵使役者，穿著警察制服混進警局員工內」。

對方的氣息乍看下僅普通魔術師程度，但或許她有隱藏自己身為英靈的技能。若是擁有令咒的正規主人或許就一目了然，但因為自己缺少魔術師的主人，根本無從確認。

刺客如此思忖，她斷定對手是使役者，於是即刻採取反擊態勢。

女刺客精準控制身體重心，讓身體能在落地的同時進行移動。

當她著地的瞬間——

她聽見鞋底與地板摩擦的細微聲響從側面傳來。

「！」

女刺客感受到一陣不快的寒意，她既不靠近也不遠離女弓手，而是全力朝正上方跳躍。

她讓身體縱向旋轉半圈，就這麼停在挑高的天花板，而她眼裡捕捉到的人物，果然是同樣身穿警察制服的黑人男子，手拿類似薙刀外型的武器橫掃而過的身影。

若自己剛才是採取前後移動的話，有可能就被那刀刃逮到了。

——那把刀也是……寶具……

——怎麼回事……？

即使她腦中冒出疑惑，卻依然蹬起天花板並朝薙刀男踢去。

「咕唔！」

薙刀男千鈞一髮之際拿薙刀的刀柄防禦，仍被直接踢飛到通道深處。

——沒有擊中英靈的感覺。

——不是英靈嗎？

儘管女刺客陷入混亂，仍舊警戒著女性警察的長弓，打算降落至其他位置——

她望向通道彼端時，位於挑高大廳的反方向牆壁的通往休息室的門。

就在她於門前落地的瞬間——門被猛烈撞破，有名手持巨大盾牌的壯漢朝她直衝而來。

「！」

壯漢用大盾遮蔽自己全身，並宛如砲彈般以驚人聲勢朝她逼近。

然而，讓女刺客感受到危機的，並非身高將近兩公尺的壯漢，而是與他齊高的巨大盾牌所纏繞的魔力密度。

——這果然也是寶具……！

既然如此，把這視為單純的直衝攻擊會很危險。

女刺客認為盾牌或許附帶某種效果，接著她縱身跳躍，降落在懸掛於大廳挑高天花板的偌大照明的燈罩上。

然後，她重新正確辨識情況。

三樓與二樓部分的通道以及大廳，不知何時已經聚集約三十名左右的警察。

而一目了然的是他們並非聽聞騷動後才聚集過來。

畢竟他們手上皆握有各式形狀的武具，不論何者均纏繞異常濃密的魔力。

不同來源的複數魔力波動滲出，因此扭曲屋內整體的氛圍。

換言之，此事顯示一項事實。

即是他們持有的三十件左右的種種武器——

全都毫無疑問是寶具，這項顛覆聖杯戰爭概念的事實。

「……一般職員已經讓他們從後門去避難了。因為已發動結界，若只是些許騷動能夠從湊熱鬧群眾眼中隱蔽起來。」

祕書如此說道的同時，一名從後方來到大廳的警察，遞出一個長布包給局長。

局長從布包內拿出自己的武器。

此為被漆成黑色的刀鞘所包覆的一柄日本刀。

「……事情有趣起來嘍。」

漢薩目睹警察們裝備各種時代錯誤的武具之光景，咻一聲愉快地吹起口哨。

當局長以視線下達指示後，數名警察將他們手裡的武器瞄準漢薩。

「既然被你看見，就更不能隨便放你回去了。在我們解決那傢伙之前，就請你老實待在原地吧。」

局長狠瞪待在照明燈具上觀察他們模樣的黑衣人影，一邊淡然說道。

「解決……？那是使役者吧？你的使役者去哪兒了？」

於是局長簡潔答覆漢薩的問題：

「我沒打算洩漏情報。不過，我就讓你見識足以讓你放棄反抗的場面吧。」

「見識什麼？」

「魔術師的醜陋鬥爭——」

局長輕聲嘀咕後，再稍微吸一口氣，調整呼吸與體內魔力的同時明確對漢薩宣告。

「為擊倒上級英靈們而淬鍊出的，簡直是旁門左道的武力。」

「……」

女刺客於照明燈具上俯視下方情況，她同樣調整呼吸。

這副景象著實讓她震驚。

不過，卻不足以讓她的心，讓她的信仰憔悴。

七柱英靈，或者六柱。

聖杯賦予的知識中，不知為何只有人數方面很曖昧。

但是，她從一開始就沒在意過。

即使盯上聖杯的英靈有成千上萬，自己要做的事也不會改變。
如今不過是現場剛好聚集三十名左右罷了。
——全部排除。
她乾脆地下定決心的同時，悄聲說道。
說出憑自身意志所背負的業障，以及從偉大先進們借來的力量之名。

「……狂想閃影（zabaniyah）……」

剎那間——漆黑暗影從覆蓋她臉孔的兜帽縫隙間擴散。

「……唔！」
局長目睹從疑似刺客的英靈身上延伸出的「黑暗」朝自己逼近，當場立刻往後跳。
千鈞一髮。
「黑暗」抵達局長原本佇立的位置，大理石地板猶如起司般被挖開。
黑暗以刺客頭部為中心，擴散至大廳各處。
持有各種「寶具」的警察們亦同，面臨如此唐突的攻擊，光是防禦或閃躲就竭盡全力。

此刻，待在局長身旁的一名警察，其手臂遭到「黑暗」切斷。

「呃啊……！」

「黑暗」宛如觸手般緊緊纏繞男子的手臂，打算就這麼舉起他整副身體。

「……」

局長保持沉默地跳躍，於一瞬間拔刀後揮出。

呈現出妖嬈光輝的刀身，伴隨尖銳刀鳴於半空中馳騁，直接將從部屬手臂延伸出的黑暗一刀兩斷。

「黑暗」連同揮刀時的確切手感被切斷，當場飄然落下。

局長望見著地的部屬身旁飄落的物體後，得知「黑暗」的真面目。

——這是……頭髮嗎……？

此為讓自身頭髮爆發性膨脹後，比起自己的手腳更靈活操控的魔技。

儘管局長原本這麼想，但看見被鑿空的地板後，他稍微修正自己的想法。

——不對，這已經不能算頭髮，而是讓頭髮變質成刀刃的領域。

——原來如此，這就是那傢伙的寶具。

「……簡直像希臘神話裡的梅杜莎。」

不過既然知道本質，就不會無法對抗。

假如是一對一決勝負，或者聚集在此的都只是普通警察之流的人物，那或許她能徹底封鎖他們的行動。

然而目前待在現場的，都是受到寶具加護並以屠殺英靈為目的而不停鍛鍊的人們。

若是連與刺客「正面衝突」都會敗陣，那怎麼看都不可能與英雄王及尚未謀面的騎兵，還有今天才顯現的劍兵等上級職階的使役者戰鬥了。

「原來如此，就試金石來說是最棒的對手。」

局長重新盯緊刺客，以凜然音調對周圍的部屬們下達指示。

「別害怕。即使破壞大廳也無所謂，務必想辦法鎮壓她。」

然後局長右手依舊拿刀，左手則伸進懷裡掏出手槍。

「在這塊區域被你們破壞前，就讓我『徹底利用』吧。」

他拿出了放入以特定咒文之「啟動式」來取代普通彈頭的子彈的咒具。

局長像要擊出扭轉不利情勢的信號般，將手槍朝向天花板射擊。

並非瞄準刺客。

而是為了啟動設置於奧蘭德．利夫的「警察局（魔術工房）」周圍天花板的陷阱。

預先設置的魔術發動後，警察局大廳的結界一時間變得強而有力，簡直像化為異界般地與外部隔絕。

想必即使在結界內以戰車展開砲擊，也不會有半點聲響洩漏到外面。

刺客周圍同時有數隻魔獸與數十具惡靈受召喚而出，牠們抱持明確敵意，開始襲擊局長指定的「入侵者」。

——也該將那神父納入攻擊對象嗎？

局長如此思忖，於是將目光瞥向大廳角落。

眼裡所見的卻是戴眼罩的神父滿不在乎地來回走動，從位於服務檯上的虹吸壺將咖啡倒進紙杯裡。

——算了，那傢伙晚點再收拾。

局長憤恨不已地咂嘴後，重新將目光轉向不斷從天花板附近伸出長髮觸手的刺客。

召喚出的惡靈飛舞於半空中，召喚出的外形類似豹的魔獸上下顛倒地走在天花板上，包圍住刺客。

持有長射程寶具的人們將配合一齊朝刺客飛撲的惡靈與魔獸射擊，連同牠們一併貫穿。

儘管是靠蠻力，但要測試他們的攻擊對英靈管用與否也相當足夠了。

接著，就在局長短暫詠唱操縱使魔的咒語同時——惡靈們一齊撲向刺客。

警察們同時各自拿穩寶具。

於此瞬間——

「……夢想髓液（zabaniyah）……」

大廳的任何人皆未聽清楚黑衣暗殺者的輕聲呢喃。

緊接著，耳聞從刺客喉嚨裡低聲唱出的「歌聲」之人，亦僅存在一人。

「……唔喔？什麼？」

當漢薩準備飲用因為停電而變溫的咖啡時，不禁讓紙杯掉落。

他直接摀住雙耳，眼睛望向「聲音」來源。

接著他從望去的方向，確認到英靈延伸至四面八方的長髮縫隙間，有歌聲響徹。

漢薩瞇細雙眼，一邊冷靜分析這道「聲音」。

「這是……普通人沒辦法聽到的音域吧？」

誠如漢薩低語，以局長為首的人們無法聽見這道聲音。

然而，刺客的歌聲確實對他們的身體產生影響。

接著，只有造成的結果映入他們眼簾。

「唔……？」

局長感受到自己的魔術迴路正散發非比尋常的熱度。

同時還像喝到酩酊大醉的酒鬼般，周遭景色開始旋轉。

——什麼？我被做了什麼？

狀況的變化，比局長進行確認的舉動更快襲向他們。

「怎……！」

一名警察被魔獸襲擊，他拿手裡的曲刀抵擋魔獸的獠牙。

不只一隻。原本理應對抗刺客的惡靈與魔獸，分別都像失控般開始襲擊周圍的警察們。

不僅如此，其他警察們似乎也像自己一樣出現類似頭暈目眩的感覺，呈現步履踉蹌的狀態。

「這是……強制使我的魔術迴路失控嗎……？」

警察局長縱然步伐搖晃不穩，依然砍殺作為自己使魔的魔獸。

光是對使魔下達指示就落到這步田地，若是行使攻擊性魔術，或許會因為魔力失控導致自己主動破壞自己的身體。

——除魔術師以外的人，腦部可能也被直接動了某種手腳。

陷入酒醉狀態的理由也可能與魔術迴路無關。或許是利用某種直接撼動腦部的方法，至少他認為是與伸長頭髮的招式毫無關連的手法。

——太大意了。

——這代表她一人就具備兩種足以稱為寶具的暗殺招式嗎？

女刺客趁警察小隊產生空隙時，從照明燈具上跳躍。

延伸至大廳四面八方的長髮開始收束，被吸進覆蓋於頭部的黑衣內。

黑衣人影從柱子到另一根柱子，彷彿無視重力般不斷跳躍。

這是她於歌劇院也展現過的動作，見者無不產生「分裂成無數」的錯覺。

然後，她依然與在歌劇院時相同——

從看似警察小隊中心人物的身後陰影中，以砲彈般的威勢一躍而出。

「局長！在你背後！」

「！」

局長對部屬的吶喊做出反應，因而猛烈轉身。

千鈞一髮地，他躲過逼近自己的長臂。

接著，刺客的手觸摸在局長面前失控的魔獸頭部——

「空想電腦（zabaniyah）……」

魔獸的頭部就在英靈低語的同時爆散。

「……唔！」

——剛才的也是……寶具的力量？

——她究竟有多少……

儘管他在內心呻吟，但對方似乎不給他冷靜思考的閒暇。

刺客利用那場爆炸的勢頭轉身，從背後冒出異樣修長的手臂伸向局長。

「妄想心音（zabaniyah）……」

「唔嗚！」

當局長看見對方手臂的長度後，判斷即使退後也會被追上。

——既然如此……就只能砍穿它！

局長立刻如此判斷，拔出日本刀。

刀尖割破扭曲的長臂——儘管如此，刺客仍不停止。

儘管刀刃沒入她的手臂，手臂仍不顧一切地向局長延伸。

當指尖還差些微距離即抵達局長胸口的瞬間——

喧囂的槍聲嗚響，將刺客的身體當場彈飛。

「……請問您沒事吧，局長？」

局長扭過視線，手拿大型轉輪手槍的女祕書正佇立眼前。

她的轉輪手槍明顯並非發配給警察的裝備，從能彈飛英靈的事實判斷，該手槍大概也是「寶具」之一。

儘管該手槍毫無疑問是近代武裝，卻儼然滲透出猶如神話時代就存在的濃郁魔力。

刺客被如此武器擊出的子彈直擊。

警察小隊的人認為即使是英靈也不可能平安無事，然而——

當全員目睹黑衣刺客輕鬆站起身時，都再度擺出備戰架勢。

局長遠離刺客並與她對峙，同時向她搭話：

「真驚訝，看來妳的主人絲毫沒打算吝於展露寶具。從剛才的連續使用來看，應該是擁有相當魔力量的魔術師。去轉告妳的主人吧，問他是否願意為了擊倒吉爾伽美什組成共同戰線。」

局長認為這麼說是白費工夫，但他為解讀對手性格，刻意提出共同作戰一事。雖然他認為八成不會成立，但只要能刺探出這名英靈和主人的關係性，或許就能找出打破現況的提示。

「想必妳也察覺到昨晚沙漠的戰鬥了吧？妳不認為排除那種規格外的傢伙，才該是我們要擬定的共同戰略嗎？這樣問妳的主人就好。」

然而刺客給予的答覆，卻是徹底出乎局長意料的話。

「……我沒有主人。」

從黑衣底下聽到的是年輕的女聲。

局長由於剛才聽到對方嘀咕類似寶具名稱的聲音所以知道，但警察們之中也有因為出乎意料而瞪大雙眼的人。

「我不打算侍奉魔術師，也不渴望獲得聖杯。」

「什麼？」

女刺客面對感到懷疑的局長，灰暗眼眸中透露出蘊含明確覺悟的神色並說道：

「我要粉碎迷惑偉大先進們的聖杯戰爭本身。」

女刺客如此斷言，同時越發提昇對包圍她周遭的敵對集團的警戒度。

由於她以「斷想體溫（zabaniyah）」將自身皮膚硬化至類似「魔境水晶」的硬度，因此她並未受到來自子彈的直接傷害。然而，不曉得是否為寶具的效果，從那鑽進體內的力量極速將魔力排出。

若是受重傷，或者子彈深入體內的話，尋常英靈早就魔力枯竭。

——這些傢伙……

——在戰鬥中讓身體不斷適應寶具。

僅數分鐘她便如此確信。

剛才與自己戰鬥的並非英靈，而是人類。

然而，寶具卻是貨真價實的真品。

為何人類能操控寶具她還無從得知內情，但看來他們還不習慣在實戰上用寶具。

不過在如此短暫的戰鬥間，她明白他們靠自己的雙手逐漸習慣寶具。

想必越是戰鬥，他們便越能引出寶具的力量。

即使將那些寶具視為近戰武器，每一次的斬擊與打擊威力都逐漸提昇，其中甚至有人開始讓「刀尖釋放火焰」等，做出尋常武具而言根本不可能出現的特殊效果。

——不能長時間戰鬥。

沒有答應對方交涉的理由。

因此她開始思索於此等情況下，先進們有什麼更能派上用場的神技。

已經沒必要傾聽對手的話了。

雖然她如此思索——

「少說蠢話。如果是有單獨行動技能的弓兵就另當別論，照妳剛才的戰鬥方式，若沒有主人妳早就該消滅了。」

「……」

看似敵對集團領袖男子的話，卻微微牽動她的心緒。

自己確實也覺得很奇怪。

她幾乎沒有休息與靈體化，卻能在城鎮裡奔走整整兩天。

儘管如此，她認為自己之所以尚未消滅、仍滿盈魔力——是因為自己不成熟，還無法有效率地讓身為寶具的神技充滿魔力的緣故。

——不對。

——眼下這種事根本無所謂。

——首先得先對付眼前的敵人……

女刺客強制驅趕疑惑至內心角落，並再度讓內心轉化為戰鬥模式。

但是她的疑惑隨後卻立刻獲得解答。

而且還是對她而言幾乎算最糟糕的答案。

「嗨，還不錯還不錯！實在是很合我胃口的互揭瘡疤之爭！」

大廳內部突然響徹鼓掌聲，還迴盪著情緒激昂到詭譎的高亢人聲。

那道莫名充滿力道的聲音，讓聽聞者皆感受到黏著的苦悶感。

再進一步，那股掌聲的每一下簡直都像從遠處耳聞的狙擊步槍聲響，令人感受到毛骨悚然的緊張感。

「是誰？」

局長邊環視周圍邊詢問，卻遍尋不著聲音的主人。

不對，不如說聲音像是來自結界外——感覺似乎是來自警察局停車場的方向。

但目前的大廳呈現與外部隔絕的狀態。

雖然警察小隊認為不可能，卻不禁往正門玄關望去。

於是，結界簡直像等不及這一刻似的出現異常。

正門玄關的門受到結界影響而徹底變得黑暗，反映出漆黑暗影的玻璃部分，忽然有某人以食指輕輕縱向劃過——

一名青年的身影彷彿要撐開那道裂痕般自門扉出現。

「我一直在外面觀察，真是美妙。這場戰鬥實在過於美妙。」

警察們面對愉快鼓掌的青年，只是彼此面面相覷。

局長以代表部屬們的形式，重複一遍同樣的提問。

「……是誰？」

但是，青年無視局長這句話，只是用清晰響亮的聲音繼續陳述自己的話。

「哎呀哎呀，實在精采。雖然我不曉得你們是以怎樣的戲法解放寶具的力量，但沒想到竟然會以肉身挑戰英靈！我原本還以為這是何等不自量力的事，怎麼，看來似乎能成為一場勢均力敵的較量不是嗎！」

青年看似愉快地嘻嘻輕笑，同時敞開雙臂開始步向大廳中央。

「擁有在黑暗中生存的技量，卻正面挑戰敵人的既愚蠢又可愛的英靈，以及將自身英靈留置後方，親自成為眾矢之的的血氣方剛魔術師嗎？實在是相當有趣的表演。」

「……」

由於其真實身分不得而知，局長默默地觀察起對方。

既然身為主人的立場完全沒有收到任何視覺情報，表示這名男子顯然並非英靈。

儘管局長心想那他應該是刺客的主人，但刺客本人卻困惑地與男子拉開距離。

——既然如此，會是其他英靈的主人嗎？

無論如何，既然能輕易撕裂結界並進入其中，代表他的實力非同小可。

局長繼續保持警戒，然後為了能刺探出對方的情報而繼續聽青年說下去。

理所當然，局長也一邊戒備著對方話裡是否設下了言靈或咒語之類。

但青年卻猶如周圍緊張的氣氛與自己毫無關係般，彷彿觀戰棒球比賽到忘形的人，開始喋喋不休地論述自身見解。

「這個嘛，就我的判斷來看，若繼續打下去，你們有七成的人會遭到她淒慘殺害，剩餘成員則會讓寶具徹底化為自身的一部分後覺醒吧。如此一來輸贏就是五五波。感覺上若是有一個魔術師能正確看穿她寶具的性質，屆時各位警察也會有勝算。」

青年擅自推測戰鬥的走向，同時更開口道：

「哎呀，真精采。若是活用這場戰鬥的經驗，繼而補充新戰力的話，那或許面對劍兵或弓兵這類為攪亂戰事步調才存在的職階，也能正面交鋒呢。」

青年看上去至少不像同伴，但也不曉得是否為敵人。

該不會是法迪烏斯或法蘭契絲卡的同夥？

局長雖抱持如此懷疑念頭，但這並不構成解除警戒的理由。

其中一名警察戰戰兢兢地靠近青年，打算封鎖對方行動而朝他舉起短刀寶具。

在那瞬間——

「不過呢……」

青年用左臂輕輕將警察用短刀指著自己的手腕揮開。

伴隨唰一聲的討厭聲響——局長目睹一場異常的景象。

被青年揮開的手腕前端，猶如被野獸咬碎般消失無蹤。

「什……咦……？」

警察露出錯愕表情凝視自己噴出鮮血的手腕。

「這種勢均力敵的較量，最後出現的是令人心服口服的死法，那我會很頭痛。」

青年保持笑容，其手裡緊握警察被切碎的手腕。

此刻警察才終於認知到自己身上發生什麼事，同時感知到「疼痛」。
遲一步後，大廳響徹警察的慘叫。
「……嘎……啊啊啊啊……啊啊啊啊啊啊啊啊啊！」
「哈哈！不錯的哀號！不過有點老套呢。如果左手也弄碎的話，你會有更有趣的疼痛反應嗎？」
「到此為止！」
目睹部屬按住手腕跪地，局長立刻拔槍射擊。
他擊出的是同於前一刻射進天花板上，啟動周圍魔力爐與陷阱的特殊彈頭。
「第一和第二小組去包圍那男人！其餘人注意力別離開英靈！」
設置於地板的魔術式伴隨局長號令，孕育出無數惡靈與魔獸。
然而，當使魔們發出怪聲並襲向青年的瞬間——
「別嘰嘰喳喳亂叫，真噁心。」
青年仍舊態度悠哉地嘀咕，其右手腕前方則由上往下輕輕搧動。
誕生於大廳的所有使魔配合青年此舉，全都被某種看不見的事物壓碎，宛如破掉的水球般噴灑至地板。

「什……」

在場的警察們以局長為首，全都啞口無言。

不見青年有行使任何攻擊系魔術的模樣。

簡直像男子釋放出的扭曲壓力，否定了使魔本身的存在。

實際上男子散布的氣息，讓警察們產生莫名其妙的恐懼而顫抖。

不過，他只是佇立原地而已。

男子輕輕握住左手拿著的警察手腕。

於是，只見警察的手腕居然頓時萎縮如木乃伊般——然後如沙子般崩塌，並消失得無影無蹤。

青年更撿起原先握於警察手裡的匕首並送到嘴邊，像吃餅乾般咬碎匕首，再直接將碎片吞進喉嚨裡。

「嗯，這份感觸毫無疑問是足以稱為寶具的逸品，是人類配不上的玩具。」

目擊難以置信景象的警察們確信。

這名男子不是人類。

也並非英靈。

而是立足於更異質次元的「某種事物」。

男子於回歸靜謐的大廳內，宛如感謝這份寂靜般敞開雙臂，接著以恭敬態度對不知所措的黑衣刺客下跪。

「自我介紹來得太慢了呢，我親愛的人兒。」

「……？」

黑衣刺客在黑衣底下像是感到混亂地皺起眉。

「我的名字叫捷斯塔．卡托雷。是以主人身分全面肯定妳的作為……」

因為「主人」這個詞，令周圍的人們更竄起緊張情緒。

自稱捷斯塔的青年將凶惡笑容貼在臉上，像是用舌尖舔舐刺客全身似的凝視她。

「並且還是作為非人的死徒，奪去妳一切的人。」

死徒。

聽聞此單字時，女刺客渾身打起寒顫。

並非針對被喚作吸血鬼的異形感到恐懼。

而是對於自己所處的狀況做出了最壞的想像。

──徒勞的死亡信差。

──驅逐人類的破壞使者。

她生前並未直接面對過「死徒」，但聽聞過關於他們的軼聞。

每當與異教徒發生大戰時，即會現身於戰場且不分陣營掀起暴虐狂風的恐怖怪物。

第一次大戰時，於體內飼養無數野獸的怪物令沙漠染滿鮮血。

第二次時則出現與第一次不同的複數怪物，作亂三天三夜後才掉頭離去。

第三次戰事則更出現不同怪物──但那些怪物似乎被雙方陣營殘酷的將軍們所討伐。

究竟是當時的怪物太虛弱，抑或名流青史的將軍們正是超越該怪物的英雄，答案無從得知。

但是，只有一點能確定，就是那群怪物無論何者，皆是將名為人類的存在本身視為仇敵來殺戮的使者。

然後，據說那群怪物名喚「死徒」。

那名自報該異形名稱的男子，還說了什麼？

──我的……主人……？

宛如尖針般的寒氣竄上背脊，發出嘎吱嘎吱聲地擠壓女刺客內心。

──怎麼可能，主人應該……被我解決了才對……

自稱捷斯塔·卡托雷的男子彷彿看穿她的內心，露出陶醉神情來回撫摸自己胸口附近。

「那手掌的觸感簡直像激烈的接吻，想必我將永生難忘。妳當時可謂是名副其實地抓住了我的心啊。我因為一度經歷死亡的驚嚇，連容貌都改變了。」

「……！」

捷斯塔的話讓她確信。

這名男子確實是自己殺死的男人。

——我之所以還存在是因為……？

——這名怪物……將魔力分給我的關係……？

無可救藥的厭惡感奔竄於她全身上下。

彷彿體內每一滴鮮血均為劇毒汙泥所染般的感覺。

非人者。

再者，光是留意他不多的言行舉止即可明白。這名男子對所有人類而言，確實有害。

她無法允許此般人物的魔力流入自己體內。

就連自身被死徒套上項圈一事都沒能察覺，她對自身的不成熟憎恨不已。

她打算至少靠自己驅除那份汙穢，回過神時已經邁開步伐。

靠自己消滅眼前的怪物，驅除自身汙穢。

受到想消滅自己的衝動驅使，卻基於信仰而不被允許。但思考這種事本身即是還不成熟的證據，她為此感到羞愧，於是拚盡全力嘗試排除眼前的「敵人（主人）」。

然而——

「……我以令咒命令妳。盡可能轉移至遠離這座城鎮的地點。」

捷斯塔邊笑邊說的同時，女刺客的身體散發光輝。

「……！」

光芒在女刺客打算嘶吼什麼前，更快地包覆她全身——

然後直接消失到並非此處的某個地方。

隨後，捷斯塔掃視殘餘的警察們並聳肩宣言：

「就是所謂的交棒換人，畢竟我也需要聖杯呢。換句話說，這個嘛，怎麼說才好……」

「能請你們趕快死光嗎，血袋們？」

市內某處

×　　×

「死徒……居然是死徒！吸血鬼嗎！真的假的？」

魔法師耳聞自電腦流瀉的聲音，訝異地拍手。

好幾個警察的寶具都有加入通訊系統。

原本對並非魔術師的自己來說不過是臨陣磨槍，但搭配自己「改變寶具」的能力，總算完成到能將就使用。

儘管這些是早就不算通訊而是竊聽的物品，但魔法師只是當成售後服務的一環來思考，使用起來並未特別有罪惡感。

「這情況還真是越來越有趣了。不過就戲曲來說，荒唐無稽的要素是不是有點塞太滿？好吧，反正我這次只是個在一邊喝倒采的觀眾。」

魔法師邊說邊露出略顯複雜的表情嘀咕。

「但是對兄弟那群人來說，倒是有點不妙。」

嘆氣的魔法師腦海內浮現生前的記憶。

× ×

十九世紀上半　巴黎

此刻是年輕的魔法師剛來到巴黎時。

此事發生在他想觀賞正宗巴黎戲劇而造訪位於聖馬丁的劇院時。

戲劇的標題是「吸血鬼」。

在歷經多次被捲進麻煩的窘況後，他總算如願坐上劇院席位。

但是，他鄰座卻坐了一名有點古怪的男子。

原本以為此人一直在埋頭專心讀書，卻唐突地抬頭喝倒采說「什麼吸血鬼！少開玩笑啦！」以及「這群演吸血鬼的演員們根本缺乏想像力與創造力……」等喃喃自語的抱怨。

魔法師想說這名比自己年長二十歲以上的男子，居然會為這種事吵鬧實在很奇妙，於是便坦然詢問男子：

「既然你討厭吸血鬼這類的童話故事，為什麼還來這裡看戲？」

當魔法師如此詢問後，男子搖頭答道：

「吸血鬼是童話？沒這回事！他們真實存在，畢竟我就親眼見過他們。正因為如此，我原本才會很期待這齣戲。結果你看！他們的演技簡直不像話到極點！他們根本絲毫沒有理解過吸血鬼，也沒打算理解！」

看來坐到一名有趣的男子隔壁了。

魔法師如此思忖後，他拋開戲劇，開始打聽許多關於吸血鬼的事。

「第一人是我在伊利里亞遇到的，我和每晚都與跑到戶外的活屍對話，甚至一起用餐。」

「一起用餐？」

「當然不是和他一起喝血，只是享用普通餐點……不過，他希望作為人死去。我聽了那樣的他的願望，當他於墓地沉眠……死亡時，我將他的心臟摘出來後燒掉了。不過，我在真正的意義上與『吸血鬼』相遇卻是在那之後。有名更強而有力之徒，來見曾經與吸血鬼交流並帶給對方永眠的我。」

眺望遠方的男子，以緬懷過往的口吻訴說。

當他描述與那名「強而有力的吸血鬼」間的往來一陣子後，他提起吸血鬼的異名。

「他們被稱為死徒，和依附在人身上的惡靈或妖精等截然不同。他們是地球的一部分，也很厭惡名為人類的生物。沒錯，他們擁有意志，是地球本身的影子。」

「厭惡人類？」

「對，沒錯。但也不是所有死徒都討厭人類。不過，他們跟人類間有道明顯的牆。要貫穿這道牆的話，人類製造的刀刃根本辦不到。若沒有來自神的聖化，或類似與人類相異的那種『力量』，其刀刃根本無法貫穿他們。總而言之，如果只當他們是惡靈或魔獸一類的事物，那就大錯特錯了。」

「所以這齣戲裡的吸血鬼只是區區惡靈嗎……不過，既然他們沒見識過真正的吸血鬼，我想這也難怪。」

「即使沒見識過也能表演，畢竟憑人類的想像力，任誰都能抵達幻想的境地。」

男子以平穩口吻如此訴說後，又將不僅是吸血鬼，甚至從各式各樣經驗談、巴黎的街道組成、羅馬皇帝尼祿的故事到他推薦的文學作品等各式話題，全都說給鄰座的「好奇心旺盛」的年輕人聽。

那些的確都是證實他人生經驗豐富的故事，而魔法師在不知不覺間，比起觀看戲劇更專注於男子的話題。

然而當他們聊一陣子後，男子瞥了一眼戲劇再度臉色驟變，接著開始對舞台上的演員噓聲不斷。

「啊，不是那樣！他們可不是只會讓人恐懼畏怯的亡靈！」

男子隨即說出「我要移動到能更容易向他們抗議的位置！」便從座位上起身。

「對了，在此閒聊也是一種緣分。我就請教一下你的名字吧。」

魔法師被年齡差距幾乎可算父子的年長男子如此詢問，有點害羞地答道：

「我的名字是……仲馬。亞歷山大．仲馬。」

「是嗎？我叫查爾斯。有緣再會。」

目送男子的背影後，當年依然年少的青年，祈禱能再與那名有趣的男子相遇。

魔法師——亞歷山大．仲馬當時尚不知曉。

剛才與他談天的男子是法國的知名作家之一，也是寫下成為這齣「吸血鬼」舞台劇原典作品的作者之一。

而且，還是後來幫自己與文學界牽線的無比重要的人物。

×　　×

現在

「是啊，既然連我這種人都在，我想查爾斯老師當然也會在『座』裡，他現在怎麼樣了呢？我真的受那個人很多照顧……」

他低喃了與面對主人——局長時截然不同的，流露出坦然敬意的言語後，魔法師慌張地將注意力轉回正題。

「真是的，若對手是真正的吸血鬼，『目前的裝備』可沒勝算呢。」

魔法師嘆息後，開始喀喀喀地敲起鍵盤。

「目前客製化的是特別朝提昇『人的力量』方面強化……不過話說回來，是吸血鬼……『死徒』呢……」

魔法師不斷彙整電腦畫面內接二連三冒出的資訊，同時帶著自嘲地邊笑邊說道：

「沒想到還真的跟他們扯上關係，人果然還是要活得夠久才行。雖然我已經死了。」

×　　×

警察局　通道

劍兵步行在位於距離大廳相當遙遠的區域通道上，他冷不防停下腳步，並注視某個方向。

那正是局長等人戰鬥的大廳方向，但他無從得知。

「怎麼了嗎？」

劍兵耳聞綾香的提問，稍微瞇細雙眼答道：

「……有魔物的氣息。」

「魔物？」

「……是啊，雖然是以前的事了……」

總是散發出奔放氛圍的他，難得流露出些許悲傷的神色說道：

「在某場戰役，當時有群介入我與勁敵間戰鬥的魔物，牠們拚命屠殺雙方陣營的部屬。感覺跟牠們的氣息很相似。」

「……雖然我不太懂，是指魔物作為英靈被召喚出來？」

「不，不對，不是英靈。再說根本就不知道那群傢伙是否有辦法前往『座』。」

劍兵感受到不祥預感，於是加強警戒周遭，他下定決心要盡早讓綾香逃到外面。

邁開步伐的同時，他回憶起魔物的特徵繼續說道：

「簡單來說……就是在你們的文化中被稱為吸血鬼的傢伙。」

×　　×

警察局　大廳

「為防萬一，我先問過。」

捷斯塔的說話聲響徹整間大廳。

「不叫那個給你們寶具的使役者來嗎？話雖如此，如果製作寶具就是他的主要能力，那武戲方面也不怎麼值得期待就是了。」

從他說出「能請你們趕快死光嗎，血袋們？」的話之後，他就未曾離開原地一步。

儘管如此，他附近仍倒臥了眾多警察。

看來似乎還沒死人，但這也是理所當然。

畢竟自稱捷斯塔的死徒，尚未發動任何一項「攻擊」。

三樓有名女性警察瞄準他拉緊弓弦。

當三支金色箭矢同時釋放後，以接近音速的速度劃過三條曲線逼近捷斯塔的心臟。

然而，隨著箭矢越來越接近，便開始黯淡無光，抵達目的地後則化為普通的鐵矢，連擦破衣服都辦不到即被彈開。

他沒有移動分毫，不僅如此，箭矢甚至單純地被皮膚阻擋。

他並非如龍一般長著鱗片，也非鋼鐵化，怎麼看都只是白皙柔軟的普通皮膚，但音速箭矢卻無法貫穿。

更進一步說，警察們越是攻擊那個名叫捷斯塔的男子，感覺體力就越是被奪走。

即使是開始能導引出寶具力量的使斧警察，擊出「無視距離並粉碎敵人的斬擊」——縱然有擊中的手感，卻無法撼動捷斯塔半根頭髮。

「唔、唔喔喔喔啊啊啊啊！」

以健壯體魄自豪的警察架起大盾突擊，但他卻像朝一面偌大牆壁衝撞般，讓所有衝擊均反彈回自己身上，因此承受巨大傷害。

將近三十人的警察各自驅使寶具並加入攻擊，但捷斯塔無視一切，進而繼續傲慢地高談闊論。

警察們開始緩緩地萌生「恐懼」。

他們前一刻以那名刺客英靈為對手都還能來場像樣的戰鬥。

然而，這種狀況又是怎麼回事？

名為「死徒」的怪物原本理應與聖杯戰爭毫無瓜葛，但他卻蠻不講理地蹂躪鬥爭之地。

所謂英靈究竟是什麼？想要打倒他們的自己又算什麼？

這世上不是還有連受到「座」的召喚都不必，便如此強大的怪物存在嗎？

捷斯塔愜意地承受蘊含如此畏懼與絕望的視線，接著開始竊笑並說道：

「別誤會，我可沒有比英靈強。實際上我還一度被那位秀麗的刺客殺死呢。」

警察小隊因為莫名的疲倦而膝蓋跪地，並由於懷疑而蹙眉。

儘管現在能正常保持鬥志並繼續佇立的，包含局長與女祕書在內還有五人，但連他們的攻擊對捷斯塔似乎也沒能奏效。

剩餘警察受到槍之寶具的加護，使盡渾身解數猛衝。

但捷斯塔卻僅靠一根手指，即抵擋宛如肉食獸利爪般迅猛的長槍。

「歸根究柢——」

目睹粉碎的長槍與充滿絕望的警察，捷斯塔露出蘊含憐憫的笑容開始訴說。

「所謂英靈是肯定人類史的產物，是守護人類世界秩序之徒。」

捷斯塔邊玩弄碎裂長槍的碎片邊微微搖首。

「我們死徒是否定人類史的產物，是為汙染你們的規則才存在。」

「否定……人類史？」

「是啊，正是如此。因此人類製作的寶具，或是神替人準備的寶具加護，我們都能夠否定。如果是神替神製作的寶具就另當別論，但你們應該無法輕易準備那種玩意兒吧。所以說，這純粹是相剋與否的問題。我是蛇，而你們是青蛙，只是如此單純的問題。」

此刻捷斯塔總算開始挪動腳步。

當大廳氛圍開始籠罩於負面色彩的眼下，他總算為完成最後步驟而動身。

「同樣是寶具，假如是『座』之使者的英靈使用，那當然就另當別論。是英靈的話或許就有機會贏過我，但身為人類的你們不論怎樣使用寶具，敗北是為必然。不是靠戰略或幹勁就能解決的問題。」

如果是英靈或許就能獲勝。

這句話並非代表希望，而是作為絕望的言語勒緊警察們的內心。

正因為他們捨棄靠英靈戰鬥的道路，選擇人類的強悍——才會遭到並非英靈的怪物壓倒性的蹂躪。

在幾乎可稱為滑稽的現實面前，泰半警察們都咬緊牙關。

不過儘管如此，他們的內心尚未挫敗。

因為局長還佇立大廳中央。

留存給人類的可能性，簡直像在說此處是最後的堡壘。

想必捷斯塔也注意到這點。

他一邊露出無畏的笑容，一邊慢慢走向局長並提問：

「你明白你不足的部分在哪裡嗎？」

「……強悍嗎？」

局長左右手分別握緊日本刀與手槍，誠摯答覆捷斯塔的提問：

但捷斯塔搖頭並給予正確答案。

「是尊貴。」

「……」

「我很明白喔。你們不僅不相信神，就連任何上位存在一類的都不相信。不論是英靈還是『座』，甚至連你們自己的力量都不相信，所以才想依賴道具。但其中卻不存在尊貴。」

捷斯塔不懷好意地笑著，同時單手輕而易舉地舉起大廳內在他手邊的長椅。

將長達三公尺的長椅化為鈍器拿在手裡，捷斯塔對待在大廳內的所有警察宣告：

「我無法告訴你們何為尊貴，不過我能告訴你們，你們是何等脆弱。就讓我靠這張連武具都算不上的家具來打爆你們所信賴的，叫局長的傢伙的頭吧。然後企圖逃跑的人，我就照順序折斷他們的腿。我能同時折斷十個人的腿，若你們喊『一二三』全員同時逃跑，說不定還有幾人能獲救喔！」

捷斯塔咯咯笑著，更進一步靠近局長。

已經進入長椅的攻擊範圍。

局長感受到明確的「死」逐漸逼近自己。

不過，他沒有哭喊或嚷嚷，反倒讓內心變得敏銳而透徹。

——都一樣。

——此刻朝我走過來的不論是死徒，還是英雄王都一樣。

既然要以無比強悍的英靈為對手，他早已納入死亡會造訪自己的可能性。

儘管死亡如此迅速降臨實在出乎他意料，但他做好接受死亡的覺悟。

——但是……還是讓我抵抗一下吧，死怪物。

局長讓自己的心緒化為無，在將手槍扔落地面的同時，雙手握緊日本刀。

「哦……」

捷斯塔察覺氣氛改變，倏地停下腳步，揚起嘴角。

「原來如此，你無論如何都想以人類身分報一箭之仇嗎？我原本還以為你會依賴令咒，拿使役者當盾牌掙扎著讓自己活命。不過，你的覺悟只是白費工夫，根本絲毫無法觸及我。」

捷斯塔邊呵呵輕笑邊愉快地揮動椅子。

「雖然我很在意你背後究竟有怎樣的英靈，但也沒差，反正我只要吃掉你然後收下令咒就好。尋常的身體或許沒辦法，但若是我現在的身體，即使是兩名——不，甚至能同時使役五名英靈……」

捷斯塔的話語突然停止。

啪唰一聲。

因為他感受到背後突然沐浴在黑色的溫熱液體下。

「……」

根本無需確認。

光憑浸染於衣服上的香氣，即可理解該液體是即將涼掉的咖啡。

當捷斯塔面露錯愕神情回過頭後——

「絲毫無法觸及啊……」

在距離數公尺遠的位置，神父拿著紙杯露出大膽無畏的笑容。

「咖啡觸及你了吧？」

當捷斯塔確認對方是神父後，笑容隨即自臉上消失，接著憤恨地低聲說道：

「原來如此，是聖杯戰爭的監督官嗎？」

然後他邊嘆息邊搖頭。

「真令人哀嘆。我原本是聽說這場聖杯戰爭不會有教會介入，才飛奔趕來參加，結果這座城鎮卻依然向教會阿諛奉承……」

啪唰一聲。

神父看準對方搖頭的那刻，將剩餘的咖啡也潑出去。

「……」

「你廢話太多了，臭屍體。」

神父折起空空如也的紙杯，再丟到附近的垃圾桶。

「假如這是齣歌劇或音樂劇，我希望能把你的台詞砍掉一半左右。」

「漢薩．賽凡提斯……你還在啊。」

漢薩被局長點名，只好聳肩說道：

「你看來很辛苦呢，局長。」

「你在打什麼算盤？」

「我不過是作為監督官，想給你幾句幫你活命的建議罷了。」

漢薩將滴著咖啡並默默垂首的捷斯塔拋在一旁，淡然對局長說道：

「對付這種等級的死徒，要不就是使用聖化過的專用武器……不然就是得擁有魔眼或獸化的『特異點』，或者是純粹高等級的魔術師，否則根本無法應付。」

「……」

「你們並非不成熟，只是正好相剋了。好吧，老實說剛才你們以英靈為對手時，我覺得你們幹得挺不錯的，著實讓我大開眼界。」

相對於坦率對局長表述讚揚言詞的神父，捷斯塔則擦拭被潑到咖啡的臉，接著既非歡笑也非憤怒地平淡說道：

「看來你對死徒(我們)多少有點認知。原來如此，不愧是監督官，看來憑你的地位，多少能打聽到這類消息。」

捷斯塔直接讓視線落在自己的服裝上，然後捏起沾上咖啡漬的衣服詢問。

「然後呢？你這是什麼意思？」

「算我請客，你就把那代替那群公務員的血，盡情啜飲吧。」

「哈哈哈哈！是嗎！原來如此！請客嗎！」

捷斯塔猶如潰堤般大笑。

笑著，大笑，再笑——

捷斯塔表情於下個瞬間驟變，並朝神父扔出長椅。

「明明是在服務檯就能免費索取的咖啡！」

長椅以迴旋標的威勢高速旋轉並逼近神父。

然而神父卻不打算迴避長椅——僅僅將長椅垂直往上踢。

轟音。

稍微慢幾拍後，即可耳聞來自天花板方向的破碎聲。

警察們抬頭望去，倏地確認到長椅深深扎進挑高至三樓部分的大廳天花板。

「……什麼？」

不論是局長、祕書或警察們，甚至連投擲長椅的捷斯塔，都不禁被這非人類所能辦到的行為奪去目光。

下個瞬間——漢薩的身影當場消失得無影無蹤。

「……啊？」

捷斯塔發出吃驚的聲音。

原因在於，他發覺片刻前還待在距離自己數公尺遠的神父，不知何時竟然近在眼前並朝自己揮拳。

然後，漢薩的右拳比捷斯塔反應更快上一些地揍到他臉上。

捷斯塔被一下子揍飛，撞破大廳牆壁後摔進裡面的房間。

「……原本還以為能把他的頭打飛，果然很硬呢。」

漢薩隨意晃動手臂，局長則瞇細雙眼對他說道：

「你在打什麼主意？」

漢薩輕鬆回答局長的疑問。

「就是所謂的交棒換人，讓我來消滅那傢伙。」

「你打算助我們一臂之力嗎？」

神父對懷疑的局長邊扭扭脖子邊說道：

「畢竟在我身為監督官前，是名神父。不過，這個嘛……我希望能拿點回饋。」

「拿什麼？」

「我隨便浪費咖啡（飲料）這件事，希望你們對教會的人保密。」

「因為我怕被師父訓話啊。」

第四章
「第一日　黎明前　缺少英靈的戰鬥」

距今約二十年前。

此為發生在一名即將邁入晚年且名喚狄洛的神父，前往位於西班牙某處山岳地帶赴任時的事。

當神父從登山家間聽說「山上有惡靈」的傳聞並上山後——巧遇一名坐在山崖半山腰處的少年，他正在與山貓們享用某樣東西。

「小弟弟，你在吃什麼呢？」

神父語畢後，少年警戒地緊盯著神父，隨即從此山崖跳到彼山崖，如此跳躍到不知何處。

帶路的村民們看見這名少年都說「果然是怪物！肯定是他吃掉在山裡迷路的登山客！」接著逃之夭夭，但神父繼續追逐少年。

神父立刻就明白少年吃的東西並非人類。

若問理由，是因為道路前方有頭大型熊類的屍體，旁邊還有將熊製成肉乾的痕跡。

——他會做肉乾嗎？嗯，看來應該不是魔獸一類。

當神父思忖這類事情並更加邁進時，剛才逃跑的少年駐足前方。

「老爺爺，請問你是人嗎？還是妖怪？」

尚且殘留稚氣的少年提出奇怪問題，神父則饒富趣味地答道：

「這很難說呢。雖然我看我自己像個人，但在你看來可能是妖怪。而我也不曉得你到底是人還是妖怪。」

「……」

「不過啊，不論是人還是妖怪，你不覺得都有機會和平共處嗎？」

似乎是神父的意思有傳達給少年，狄洛百折不撓地繼續與少年接觸，而少年也漸漸開始談起自己的事。

西班牙有一條被稱為世界第一危險的斷崖絕壁步道「西班牙國王步道」，而一條與其相比有過之而無不及的，被山路隱蔽的道路，據說他獨居於此路前方的遺跡。

當神父問起他的家人後，少年說直到不久前還有約數十人的集團組成類似村莊的社區。

「在山外，也有跟人友好相處的妖怪嗎？」

「有啊，世界很大，仔細去找當然會有。或許也有和人類結為家人的妖怪。」

老神父平穩訴說實在不像神之使徒會說的話。

「是喔。不過，我見到的妖怪好像不怎麼溫柔。」

「？」

少年以淡漠態度開始描述自己所見的景象。

「山裡的大家……全都被會吸血的妖怪殺了。」

「……」

「那隻妖怪最後被媽媽殺死了。不過，媽媽也因為當時受的傷死掉了。」

神父當時刻意不深入追問——

他數次登山造訪後，決定帶少年進城鎮裡。

數個月後。

當暫時待在保育設施的少年徹底融入城鎮的生活時——某名神父來到城裡。

是一個比狄洛稍微年輕，滿臉倦容的壯年神父。

素未謀面的神父當著被叫去設施庭院的少年面前，對狄洛出言抱怨。

「請問，那個……狄洛司教……為什麼選我？」

「哎呀，在我認識的人裡，就屬你最擅長功夫或武術嘛。這孩子似乎很喜歡這類事物，要教導擁有強悍力量的孩子協調的重要性，還是由比自己強悍的人來教比較好懂吧？」

少年察覺到，看來這名不打算與人四目相對的神父，是因為自己特地被找來這座城市。

想必是與前些日子他說「想做些和山上的生活一樣的事」，結果將周遭孩子捲進去，差點造成其他孩子受重傷一事有關。

不小心給狄洛添麻煩了。

少年如此思忖而陷入沮喪時，被找來的神父依然不與任何人四目相對，對狄洛說道：

「呃，這個嘛，我說司教閣下，若是要鍛鍊孩子學武術，找言峰閣下不也行嗎？他的八極拳已經是大師級的，和您也是老交情。」

「聽說璃正在日本有重要的工作要辦。雖然我對『那方面』不太清楚，但似乎是非常重要的工作。而且他已經有兒子了呢。」

「咦咦……您這話難道是要我像對待親兒子一樣無微不至地照顧他嗎……？」

「你不是說過想要優秀的繼承人嗎？反正這孩子不僅比其他人體力更充沛，也學得快。你就教導他正確使用力量的方法吧。」

「……請問您是不是把我錯當成道場師範之類的人了？」

素未謀面的神父輕聲嘆息後，隨即轉往少年向他搭話。

「你希望拿到零用錢嗎？」

「零用錢？」

「是啊，『能拿到』的話就給你。」

神父依然不願意看他，這麼說道——

隨後神父將某國銀幣以子彈般的威勢射出。

——哎呀哎呀，雖然司教閣下是因為不曉得我的「另一面」，才會輕易拜託我……

那枚銀幣從距離少年身旁約一公尺的位置穿過，照理說會刺進位於深處的樹木才對。

——畢竟讓孩子嚇到退縮，果然還是會有罪惡感啊～

狄洛的熟人神父心想，想必只要稍微威脅一下，孩子就會厭惡自己。

不過——

少年在硬幣射出的同時朝該方向跳躍，一把輕鬆抓住銀幣。

居然徒手抓住理應以刺進樹木的力量射出去的硬幣——

「……咦？」

壯年神父此刻才初次朝少年的方向凝視。

少年望向手中那枚銀幣，雙眼閃閃發亮，露出天真無邪的笑臉說道：

「是銀幣！萬歲！非常感謝您，神父！」

狄洛目擊此光景後，便笑容滿面地替壯年神父補充少年的資訊。

「城裡的武術道館的訓練員說過，道館無法照顧好他。」

想必這番話是針對剛才那句「把我當成是道場師範之類～」的話做出的回應。老神父露出和藹可親的笑容後繼續說道。
「對方甚至說，若是普通的武術，即使他不拿出真本事也可能會讓對方心臟停止。」
壯年神父凝視少年一陣子後，總之先詢問少年。
「這個嘛，請問……你能告訴我你的名字嗎？」
「我叫漢薩。」
壯年神父與爽快自稱漢薩的少年四目相對後，報出自己的名號。
「我叫德米奧·賽凡提斯……好吧，請多指教。」

自那之後二十年。
名為狄洛的老神父僅僅期望他「度過健康的人生」，名為德米奧的養父則單純渴望「想見識這名擁有異樣體質的孩子經過鍛鍊會變成什麼樣子」——於是歷經百般曲折後，他總算達成雙方的願望。
他不僅變得身強體壯，也歌頌著自己的人生。
但沒想到在山裡長大的少年，竟然從事與襲擊他故鄉的妖怪——死徒有關的行業。

成為名喚「代行者」，代替神明消滅絕對之惡的存在。

×　×

現在　警察局大廳

「我疏忽了……我大意了呢……」

從崩毀的牆壁內響徹捷斯塔咯咯笑的聲音。

「是啊！容我斷言！我剛才確實疏忽了！這便是名為傲慢的態度！實在是很棒的經驗！看來能使強者壽命縮短的最強毒藥的確就是『傲慢』！」

僅能聽見說話聲的詭譎狀況。

局長等人屏息從旁觀察局勢發展，而漢薩駐足於破洞正前方說道。

「別那麼謙虛，你根本沒疏忽。你隨時都是全力以赴，我很尊敬你，你真厲害。」

「……」

「你是全力以赴地被我揍了，對吧？」

因為漢薩明顯的挑釁，讓笑聲頓時消失。

「真讓人看不順眼，我實在看你不順眼，神父……你這傢伙……是『代行者』嗎？」

「代行者」。

局長知曉該存在。

不將所謂的魔靈、惡魔或死徒等「教義上不得存在於世間之物」祓除淨化，而是聲稱代行神之力與制裁，徹底抹消目標的存在。

他們與暫時祓除淨化目標的驅魔師不同，是以完全抹消為宗旨的武鬥派集團。

想當然爾，該職位是能與那類對手抗衡的實力者才會得到任命，他們是置身與聖杯戰爭截然不同的異質戰鬥之人。

「代行者的工作暫時停職中……今天我是以監督官身分前來。」

相對於淡然答覆的漢薩，來自坑洞內的說話聲戛然而止——

下個瞬間，從牆壁坑洞射出無數瓦礫。

簡直像在比尋常大上幾倍的加農砲內塞滿無數瓦礫後射擊。

眼前的景象，彷彿即使如此形容也會令人相信，不如說除此形容外根本讓人難以置信。

漢薩從懷中拿出數支類似劍柄的物品，並夾在雙手的指間。

接著該劍柄於下一刻具現化出銀色刀身，使漢薩雙手描繪出如巨大鐵爪般的輪廓。

「黑鍵」——

此為透過魔力啟動，會從劍柄具現化出劍身，是代行者們的基本武裝之一。

然後，他維持無呼吸的狀態奮力踩踏地板，從正面迎擊瓦礫。

神父的雙臂簡直像海市蜃樓般朦朧搖曳。

下個瞬間——摻雜直徑超過一公尺的水泥塊瓦礫霰彈，化為片片霧氣穿透神父的身體。

更為正確的說法是僅僅看起來像穿透過去。

瓦礫於漢薩面前接二連三遭到粉碎，宛如塵埃般擴散於大廳內。

究竟需要多快的速度，需要使用何等劍技才能辦到如此程度。

局長好不容易靠動態視力捕捉到漢薩的動作，但若問他是否能跟上那動作，答案自是ＮＯ。

「原來如此，難怪被我們包圍也游刃有餘……」

聽到局長輕聲嘀咕的言詞後，漢薩維持背對之姿回應。

「很難說吧？說不定你們的寶具效果對死徒沒效，但對我有效。一切都是所謂相剋與否的問題。若單憑規格就能決定一切，聖杯戰爭豈不是變成狂戰士爭奪戰了？」

他說得沒錯——局長心想。

他已經獲曉艾因茲貝倫在冬木的第五次聖杯戰爭時，以狂戰士職階召喚出最高等級的大英雄，因為狂化而使所有能力值皆大幅提昇。

儘管他不知道那場聖杯戰爭的過程如何，至少他沒獲得艾因茲貝倫拿到聖杯的情報。

法蘭契絲卡當時說：「艾因茲貝倫總是很極端呢。原本想靠耍暗招取勝卻失敗，下一次就用正攻法召喚大英雄。若這種方法也失敗，再下一次就將別的大英雄召喚為狂戰士，徹底提昇數值呢~明明更輕鬆點去享受聖杯戰爭就好了。」

在不僅有數值差距，連相剋程度都息息相關的聖杯戰爭上，如何靈活運用彼此的英靈與主人的特性確實相當重要。

在聖杯戰爭中根據狀況不同，經常連運氣都必須計算在內。

於這層意義上，眼下他們足以稱為受幸運之神眷顧。

他們與神父對立是事實，也沒打算讓神父回到教會。

不過至少現在——他很感激命運沒讓這名神父成為敵人。

當漢薩撐過瓦礫不知第幾次「射出」的瞬間，從飛來的瓦礫縫隙間瞥見有印象的布料。

就在他察覺此為捷斯塔穿在身上的服裝的瞬間，在漢薩清理掉最大塊的瓦礫後，他刻意以身體承受其餘瓦礫，並讓在雙手上化為「爪」的黑鍵於心臟前交錯。

而捷斯塔的手刀正是朝此處劈來。

幾乎堪比被衝擊錐打中的威力。

捷斯塔更進一步跳躍，嘗試追擊因為衝擊而往後彈飛的漢薩。

漢薩承受手刀的攻擊，另一方面則嘗試反擊，黑鍵之刃與死徒的利爪產生激烈衝突。

在手刀與劍刃交錯下，平常不可能發出的金屬聲，與肉燒焦般的味道開始布滿周遭。

「愚蠢的選擇！漢薩．賽凡堤斯！打倒我豈不是代表你放棄身為監督官的中立嗎！你以為此等不公平的情況能獲得承認嗎！」

「哎呀，我可沒聽說過你是聖杯戰爭的主人！」

雙方反覆使出足以貫穿心臟的連擊，但仍是同樣以迎擊形式不斷化解對方招式。

他們之所以在這種賭命攻防中持續對話，是因為想引誘出對方的可乘之機，或者只是單純感到興奮的緣故呢？

「剛才我在刺客面前清楚表示過了吧！」

「但使役者似乎否定你的存在呢？」

「這點也是……相當美妙！」

「哈……這根本算不上答案吧！」

究竟是逞強，或者僅是一種倒錯，神父與死徒彼此笑著延續戰鬥。

兩人於柱子與牆壁間跳躍，將那當成新的立足點彼此廝殺。每當他們跳躍一步，地板與柱子就會出現龜裂，警察小隊目擊著如此超乎人類次元的戰鬥。

然後——僅限警察小隊的人能目睹此畫面的時間，只剩幾秒。

漢薩為牽制對方而使出踢擊，捷斯塔則故意接下攻擊——
捷斯塔利用這份衝擊跳躍至大廳出入口。
接著他撞破強化玻璃製的旋轉門，直接飛奔至大街上。
簡直像在引誘漢薩出去似的。
引誘他前往雖說是在黎明前，卻依然有無數民眾往來的史諾菲爾德市中心。

×　×

賭場附近　大馬路

「唔……？」
被獨特高級感包圍的凱迪拉克敞篷車。
吉爾伽美什雙手靠在後方座位的椅背上，顯露一股妄自尊大的氛圍坐著，他略微蹙眉且凝視道路前方。

車子是由緹妮的部屬，也就是穿黑衣的年輕女性面色緊張地駕駛，緹妮則解除不可視化，宛如洋娃娃般乖巧坐在副駕駛座上。

儘管這輛車是賭場裝飾的一部分，但吉爾伽美什相當中意，所以才用贏來的大把籌碼中約半數去換得這輛車。

由於他是拿著若實際兌換現金，甚至能購買好幾輛車的籌碼來兌換，因此是場對賭場方來說也算不錯的交易，就以特別讓渡的形式將車交給他。

吉爾伽美什用緹妮部屬的名義迅速辦完讓渡手續，才心情愉快地離開賭場——

此時他察覺到車輛前方的騷動。

位處道路前方的大型建築物。

該建築的停車場周圍聚集湊熱鬧群眾，並不時響徹誇張的衝擊聲。

「……是警察局呢。」

緹妮也察覺到異變，如此嘀咕，朝該方向凝視。

接著——

原本以為理應停放於停車場的數輛巡邏車，伴隨轟鳴高高飛起，有兩道人影在巡邏車車縫間穿梭交錯。

因為此場景實在過於脫離常理，緹妮以為是「使役者間的戰鬥」而擺出備戰架勢——但即使她凝視兩道人影，也感受不到使役者特有的氣息。

「不是英靈……？」

緹妮在感到震驚的同時行使望遠魔術，藉此更清楚觀察現場的人影。

「那是……剛才待在賭場的神父和……另一名男人究竟是……？」

緹妮像是為尋求答案而凝視吉爾伽美什。

接著，似乎能單憑視力就目睹整個場景的吉爾伽美什，以洋溢自信的語調答道：

「嗯，我不太清楚。」

堂堂正正宣稱「不太清楚」後，吉爾伽美什簡略訴說起自己的見解。

「雖然我不太清楚……但至少還知道那並非人類，大概是魔物或妖怪的一種。若是他以敵人之姿阻擋我的去路，我便會出手收拾他，但他並不值得我提起興趣。」

緹妮聽聞英雄王的回答後如此思忖。

——這位大人或許對人類以外之事物都不太感興趣呢。

纏繞於他身上的氛圍，其神性相較於原本應有的量，算是大幅衰減。緹妮問起此事後，他則說「我和那群傢伙斷絕往來，我根本不需要祂們的加護」。緹妮心想，難道是與此事有什麼關連嗎？

吉爾伽美什彷彿在佐證她這番推測般，反倒對神父那方更感興趣，他凝視起超乎人類範疇的眼罩男子並忍不住嘀咕道。

「但是，人類的業障之深，實在讓我錯愕不已。」

「？」

英雄王透過後視鏡瞧見緹妮費解歪頭的視線，他的臉上掛起充滿諷刺的笑容並繼續說道：

「那名神父……有著那樣的身體，竟然還沒徹底化為神的道具。」

×　　×

警察局　停車場

一輛於空中飛舞的巡邏車被捷斯塔猛烈踢開。

該巡邏車一分為二，接著漢薩則從裂開的車體空隙間投擲數柄黑鍵。

捷斯塔徒手接住劍刃，當手溢出血與煙霧的同時，他無畏地笑道：

「湊熱鬧的人都在看了喔，隱蔽聖杯戰爭的原則都上哪兒去啦？」

漢薩將巡邏車當成立足點，邊往更高處跳躍邊答道：

「這項『作業』與聖杯戰爭無關，所以沒問題。」

雖然實際上以教會立場來說是大有問題，但或許漢薩有某種策略，縱然感受到湊熱鬧群眾的視線，依然面露從容神情。

「你即使拋開監督官的工作，也打算收拾我？我再重申一次，我可是你們應該保護的主人喔。」

「……教會之所以干涉聖杯戰爭，是為了隱蔽奇蹟，還有維護人類的安寧。容忍那份奇蹟有可能轉讓至吸血鬼手上的作為，對教會的監督官來說才是失職吧。」

「你就這麼想殺我啊，看來你是有父母或情人被死徒殺了吧？」

面對這道挑釁般的提問，漢薩與對方數度刀光劍影地廝殺幾回後，在著地時答道：

「嗯，我是整族人都被殺了……但老實說，我並未因此懷恨在心。」

然後，漢薩讓新的黑鍵劍刃具現化，一邊平淡描述自己戰鬥的理由。

「我不是只要對方是吸血鬼就恨之入骨。雖然這也是我被說不配當代行者的理由，但我並非因為憎恨死徒或對主的崇拜才做這份工作。」

「既然如此，為何你要如此與我搏命廝殺？這場戰鬥有何意義？」

從巡邏車漏出的汽油引燃了火苗，周遭頓時被火海包圍。

儘管湊熱鬧群眾因為天色漸明而慢慢增加，但意外的是這場火吸引了眾人的焦點，使兩人的身影得以隱藏。

「你的言行舉止怎麼看都是壞人，這理由你不服氣嗎？」

「……你的言行舉止才讓我煩躁不堪。感受不到什麼大不了的信念，純粹只是想去宰殺死徒。你和那位美麗的刺客徹底相反，實在醜陋。」

捷斯塔嘴角勾勒笑容，眼神卻嫌惡似的凝視漢薩。

漢薩不把死徒的敵意當一回事，開口反駁：

「若是壓抑衝動並安分謹慎過活的死徒，我也不會吝於放過他。話說回來，我聽說有執著於人類的餐食，既抗拒本能又不斷做菜的死徒存在……是真有其人嗎？」

「誰知道！」

笑容自捷斯塔臉上消失，他倏地敞開雙臂，又迅速讓手在身體前交叉。

就在手上淌流的鮮血化為飛沫於半空中飛舞的同時，當場刮起劇烈強風，從而製造出小型龍捲風。

接著——也不曉得是出自何種魔術或能力，那陣風與周圍的火焰「融合」。

此景不同於因刮風而捲起火炎的情況，確實是流動的空氣本身變化為火焰般的赤紅龍捲風襲向漢薩。

「唔……！」

漢薩臉上的笑容首次消失，他於迫在眉睫之際躲開龍捲風。

就在熱氣襲擊過來時，漢薩尋找起捷斯塔的身影——但死徒前一刻才停駐的位置卻不存在其蹤影。

——在哪裡？

當漢薩思索該疑問的答案，而讓視線掃視周遭所產生的一瞬間空檔。

捷斯塔沒放過這好機會。

他從火焰龍捲風內伸手，牢牢抓住漢薩的手臂。

「！」

「是我贏了！」

死徒靠遠超乎人類極限的臂力硬拉漢薩過來，而另一隻手則打算貫穿他的後頸。

比起對方利用空下來的手揮舞黑鍵的動作更快，得以用自己的手刀讓代行者喪命。

捷斯塔如此確信，然而——

下個瞬間，事實卻背叛他的預測。

原因來自漢薩出乎意料的反擊。

喀唧一聲，機械般的聲音撼動捷斯塔的耳膜。

下一刻，捷斯塔察覺自己竟然鬆開漢薩那隻被他抓住的手臂。

不，是被強制剝離。

原因來自從某處滑進的劍刃將他所有手指切碎的緣故。

「……唔！」

捷斯塔倒退一大步，瞪起緩緩撿拾黑鍵的漢薩。

然後，他看見了。

神父手臂附近的布料被撕裂——從那兒冒出了與黑鍵同性質的劍刃。

「你這傢伙……是義肢嗎！」

「我沒說過嗎？既然要以像你們這類的怪物為對手，身體的七成當然都得是聖化完畢的機械裝置。」

「真驚訝，沒想到教會居然有這種技術。」

「教會是指引人的地方，所以收集一切最尖端的技術與祕術不是理所當然嗎？不過，實際情況我也不太清楚就是。」

漢薩若無其事說道，在腦中回顧片刻前的一連串走向。

同時他還察覺到捷斯塔理應被切斷的手指，不知何時已然與手掌接合。

儘管漢薩有考慮到死徒的肉體復原能力，但總覺得對方的癒合方式跟以往的對手不同。

「剛才的風也是……那是你的能力嗎？」

「抱歉，因為我很小心謹慎，所以沒打算高談闊論自己的能力。」

捷斯塔憤恨地瞪起漢薩，隨即將手刺進附近在燃燒中的車體，接著直接握緊車框。

單手舉起一輛車的捷斯塔以投棒球般的態勢，將那輛車朝漢薩投擲。

漢薩抬起單腳接住車，憑藉設置於下半身的魔術性機械彈簧的力量，將車體以驚人聲勢推回去。

死徒跳過那輛車，奔馳於警察局的建築物上。

神父毫不猶豫地追逐捷斯塔，也主動垂直奔馳在警察局大樓。

他跑過的牆壁無不留下誇張痕跡，看來這恐怕是利用某種裝置才能做出之舉動——話雖如此，終究非一般人能辦到的行為。

當漢薩抵達屋頂時，隨即遭到機關槍洗禮。

捷斯塔讓不知何時借來的警察特殊部隊的裝備，豪邁地拚命吐出子彈。

同時他也拚命射擊拿在左手裡的警察裝備的霰彈槍，若是常人可能會變成絞肉的子彈量朝漢薩逼近。

但他連黑鍵都沒使用，就只見其身軀宛如海市蜃樓般搖曳，以徒手掃落所有子彈中的一部分，並閃避掉大半子彈。

捷斯塔目睹猶如動作片般的景象，坦率讚揚道。

「原來如此原來如此，你在我過去見過的代行者中屬於頂級程度呢！」

「就算你恭維我，我也不會手下留情喔。」

「我只是陳述事實。看你的實力……是所謂傳說中的『埋葬機關』嗎？」

有個被稱為埋葬機關的組織，是由即使在代行者中也經過精挑細選的成員組成。

隸屬該組織的成員，擁有與被譽為吸血種們頂點的「二十七祖」分庭抗禮戰鬥的實力，有時甚至能單槍匹馬埋葬對方，因此在死徒們間不斷被視為傳說與恐懼以及訓誡而流傳。

雖然捷斯塔至今曾數次擊退代行者，但那些人與這名名為漢薩的男子相比，甚至會產生所有人的等級都只和嬰兒沒兩樣。

縱然捷斯塔是向對手獻上敬意才以「埋葬機關」打比方——漢薩臉上的從容笑意反倒消失無蹤，他邊微微蹙眉邊開口：

「你說埋葬機關……？說我嗎？」

然後神父猶如在說「你根本什麼都不懂」般，傻眼地搖頭。

「真是會胡扯的屍體，我這種人與『那些高人』根本無法相提並論。不，甚至根本無法立足於同一塊大地。」

「你說什麼？」

漢薩繼續對蹙眉的捷斯塔平淡說道。

「我確實能給予你類似核彈或化學武器程度的傷害。不過，步行於主之影子上的那群領袖，是人類製造出的武器所遠遠無法觸及！他們每一人都能令天地異變，代行主之神技……以主之神力消滅侵犯主之領域的邪惡。這即是代行者的頂點，是『他們』的領域。拿我與其相比，根本是在侮辱他們。」

漢薩稍微調整呼吸，擺出看來打算使出真本事的架勢。

「你所侵犯的不過是『人』的領域。因此，就由我——憑人之力來消滅！」

漢薩的架勢讓人聯想到可能是以某種武術為基礎。

捷斯塔見此畫面的瞬間，感受到自己全身的細胞都不禁為之顫抖。

——原來如此，從現在開始才算認真出手嗎？

他確實不認為自己會輸。

不過，若現在不拿出真本事，根本不可能擊退這個男人。

——在聖杯戰爭的序幕，就向全體魔術師揭露自己的看家本領確實不太妙。

畢竟不曉得哪裡有監視的使魔。

如果是應付類似剛才那群警察——以依賴寶具的方式戰鬥的人——他根本不在意，但面臨真正強而有力的魔術師為對手的情況時，若揭露自己所有能力的一切，就形同告訴對方自己的弱點。

若說還有其他理由，就是他察覺到屋頂之上的景色。

東方開始失去夜色，天空逐漸轉白。

代表「早晨」再過不久即將造訪這片空間。

「……時間差不多了嗎？好吧，今天就當作只是來問候一聲。」

捷斯塔直接轉身，打算朝蓋在隔壁的旅館跳躍。

然而——

「我不會讓你逃走的。」

漢薩的右手伴隨誇張的機械聲，猛烈朝捷斯塔伸去。

他緊握再次顯現的黑鍵，用力伸出猶如尖銳叉子般的右臂。其右臂宛如青蛙的舌頭般延伸，打算捉住朝旅館跳躍的男子。

但機械手臂就在咫尺之差便能搆著的位置停止伸長。

捷斯塔下意識在半空中扭轉身軀擺出架勢，同時露出放心的微笑。

卻在此刻——

體。

喀唧的機械聲再度響起，當伸長的手腕以折斷的形式打開後──斷面的空洞飛速射出某種物體。

「什……」

當他察覺到那些是類似手榴彈的特殊榴彈時，早就為時已晚──

參雜聖水的彈頭扎進捷斯塔腹部，隨即猛烈爆炸。

第五章
「第一日　黎明　黑暗中的影子」

警察局　後門停車場

「……那些人是怎麼回事？」

綾香與劍兵從警察局後門逃跑，注意到槍聲而從後門停車場放眼望去時看見的——是準備從屋頂角落跳到隔壁大樓的男子，以及朝他伸手的神父。接著，才正覺得神父的手臂以流暢動作伸長數倍——從那機械外形的手臂前端竟然射出榴彈，榴彈直擊男子並引起小規模爆炸。

然後，對方就這麼砸進緊鄰隔壁的旅館窗戶內——

稍遲片刻，神父手臂恢復原本長度，以雙手拿起好幾柄劍的架勢跳躍至旅館。

說是緊鄰但也至少相隔超過十公尺遠，若是普通人類，照常理說是連跳遠世界冠軍跳了都會墜落的距離。

但穿神父服的男子卻身手輕盈地跳躍，隨即進入旅館內。

「我在作夢嗎……？還是說，他們也是叫英靈的傢伙？」

耳聞此問後，劍兵冷不防在意起某事而提問：

「妳看著我有沒有什麼感覺？」

「這種時候搭訕？拜託你饒了我……」

「不，雖然妳的確是相當有魅力的女性，但我剛才不是這意思。妳看著我時，能不能掌握肌力或魔力強度的概略印象？例如清晰地以文字形式浮現等等……」

「我有點聽不懂你在講什麼……」

劍兵聽到綾香懷疑的語調後，嗯的一聲陷入思考。

「是嗎……果然是因為不是正式主人的緣故……」

「你在說什麼？」

「好吧，這件事晚點再跟妳詳細解釋。既然看不見，對妳來說也沒意義。目前最重要的是，妳現在無法分辨英靈與普通人類。先不論打扮醒目的英靈，換上便服後外表與普通人類無異的傢伙也不在少數。」

×　×

當劍兵語落至此，等他確認過自己的裝束後，他眺望遠方逐漸泛白的天空並嘀咕道：

「我也想調度一套便服來……嗯，正好也是黎明時分，我就依照宣言離開此地吧。」

這棟與警察局緊鄰的旅館基於地理位置因素，在城裡被標榜為治安最良好的住宿設施——但此般評價，也在這天遭到顛覆。

才剛聽見隔壁突然鳴響槍聲與爆炸聲，爆炸餘波就立刻襲來，部分客房也蒙受損害。

不幸中的大幸是那間剛好是無人客房，但口碑方面的損失想必是在所難免。

當旅館工作人員們因為無法掌握這種客觀情況而來回奔走時——

從那間「蒙受損害的客房」入侵旅館內部的神父，結果依然沒能找到捷斯塔的身影。

捷斯塔徹底消除氣息，魔力流向也完全斷絕。

取而代之留下的是走廊上好幾名倒臥呻吟的傷患。

這些人恐怕是聽到來自警察局方向傳出槍響才跑到走廊上，其中還包含婦女孩童在內，也有手臂被割傷流血之人。

「喂，沒事吧？」

「嗚嗚……出了什麼……」

看來遭到襲擊的人還無法理解自己身上究竟發生什麼事。

「傷口還是用布壓住比較好，我立刻叫救護車。」

話雖如此，但若是這些傷患被死徒動過什麼手腳，就不能粗心大意地帶他們去城裡的醫院。

一個沒處理好，假如造成活屍大量出現等狀況，屆時根本就無暇理會聖杯戰爭。

——就表面來看，似乎沒有被吸血或下詛咒的痕跡……

然後，漢薩察覺到有個在階梯暗處偷瞥這裡，驚嚇到不停發抖的小孩。

「喂，少年。你看見什麼了嗎？」

年紀甚至還未滿十歲的少年臉色鐵青地奮力頷首。

「很可怕的叔叔……說了『礙事』……就把大家……」

「你知道那個可怕的叔叔跑去哪兒了嗎？」

「……消失了。」

「……是嗎？你沒事就好。你現在可以放心了。」

——原來如此，沒殺人是因為打算拖住我的腳步。

漢薩輕輕撫摸搖頭少年的腦袋，接著拿出行動電話。

「是我。派一個人給圍觀群眾下『暗示』，其餘三人去包圍大樓。要留意他可能會混到戶外避難的人群中，別放過可疑的傢伙。」

下達完指示的漢薩輕聲嘆息，以憂慮世事的口吻輕聲說道：

「真受不了……居然連死徒都尋求聖杯，真是世界末日了。」

×　×

警察局附近　大馬路

「請停下。」

一名女性攔阻打算離開警察局的綾香等人。

只看得出是個年輕的黑髮女性，長相則難以分辨。

因為她不僅戴著會蓋住雙眼形狀的奇特眼罩，難以分辨材質是皮革還是布料的眼罩中心，還搭配十字架裝飾。

她全身包覆類似黑色潛水服般的服裝，而那些貼合身體曲線的布料各處還能看見奇妙的裝飾。

纏繞手臂上的純白布料隨風飄揚，綾香甚至差點以為對方來自某個馬戲團。

「非常抱歉，我受命調查周遭的可疑分子。」

「不，妳才更可疑好幾倍吧……」

當綾香邊蹙眉邊這麼說時注意到一件事。

儘管有一大群湊熱鬧民眾來到後門，卻沒半個人的目光停留在打扮可疑的她身上。

——咦？

——難道只有我能看見？

背脊不禁竄起惡寒。

腦中閃過紅兜帽少女。

劍兵看見她倉徨失措的模樣，為了讓她安心而說道：

「是避開視線的結界，恐怕是手臂上那塊布的力量，造成只有我們能看見她身影的狀態，所以妳別在意，綾香。話說回來，從剛才就瀰漫在警察局周圍的氣味……是讓集體暗示變得容易下達之類的香嗎？」

「集體暗示？」

「十之八九是為了隱蔽剛才魔物與神父的戰鬥吧。聖堂教會的獵人們，作風即使歷時八百年也沒變。不過，妳至少還能分辨出我是魔物還是其他什麼玩意兒吧？」

打扮奇妙的女性耳聞劍兵這番話後，恭敬地鞠躬。

「看來你們是使役者與主人，實在失禮。」

「不，妳沒必要道歉，忠於職責是件好事。」

劍兵語畢後，只見旅館內接二連三開始有人出來避難。

「吸血鬼……還在那間旅館裡？」

「是的。由於我們用結界封鎖出入口，因此只要有死徒通過就會產生反應。」

「妳的意思是，可能會有吸血鬼從那裡出來？」

「是的。」

對於謎樣女性態度淡漠地頷首所說出的話語，綾香不禁偷瞥劍兵一眼。

「要是再被捲進麻煩事我可敬謝不敏……我還是遠離這裡吧。」

「說得也是，我也跟妳去。」

「你明明不必來也沒差……」

綾香愕然嘆息，一邊快步離開現場。

儘管背後傳來「有空請來中央教會一趟，監督官應該有話要跟主人說」等說話聲，但此事對綾香而言與她無關。

「不好意思……我不是主人。抱歉嘍。」

「？」

費解歪頭的女性背後，客人們接連不斷從旅館出來避難。

而一個孩子混在人群中朝綾香等人的方向偷瞥一眼。

視線裡包含了那名理應正鋪設迴避視線結界的教會關係人的女性在內。

那是前一刻被漢薩摸頭的孩子——

看著身為代行者的女性，他流露與天真無邪相去甚遠的笑容。

接著，他邊留意移動到後背的令咒邊在內心嘟噥。

——啊，真是的，累死我了，總之先休息一下吧。

當少年於避難隊伍裡稍微排上一陣子後便悄悄離隊，隨即消失於迎接黎明的城鎮內。

即使穿越代行者的結界，甚至全身沐浴於逐漸攀升的朝陽下，對目前的他來說都不成問題。

畢竟目前捷斯塔．卡托雷的肉體並非死徒之物——僅僅是普通的人類少年。

接著，少年臉上掛起與年齡相符的天真笑容後低語。

儘管笑容背後參雜孩子不該有的扭曲情慾。

「刺客姊姊，不知會不會趕快回來呢！」

×　　×

「沒事吧？」

化為戰場的警察局。

在聖堂教會的代行者順利施加暗示的情況下，事件便朝「被逮捕的武裝強盜打算救出同夥才襲擊警局」的方向塵埃落定。

不過，大廳與停車場還殘留鮮明至極的傷痕，警察們也處於遍體鱗傷的狀況。

在滿溢如此氛圍的局內治療室，被死徒奪走右手腕的警察正在接受治療。

這名員警似乎被拿大鐮刀寶具的女性警察施加治癒魔術，傷口才好不容易得以止血。

然而，要讓失去的手腕再生需要相當高等級的治癒魔術。雖然也能採取準備普通義肢的手段，但這種狀態下要再回歸戰線實在不可能。

「你別勉強，剩下交給我們想辦法。」

「……不，我要參戰。請讓我繼續參戰。」

「就憑你這傷勢嗎？接下來或許會跟英雄王或劍兵，甚至連消息都還無法掌握的騎兵戰鬥。面臨比起對上刺客時更嚴苛的戰鬥，你能保證不會礙手礙腳嗎？」

「這……」

看見心有不甘而咬牙切齒的警察，局長心想。

——他面對這項作戰時，一直都是最積極的人。
他是局長從各地招募過來的，流有離群魔術師血統的「擁有魔術迴路的警察們」的一員。
最初局長只單純當他們是棋子，但後來得知其中有像他這樣滿腔熱情的人之後，想法多少有些改觀。
正因為如此，才不能讓他們白白送死。
畢竟若自己在這場戰爭中戰敗死亡，還需要替下次機會準備好繼承人。
「你還有未來，沒必要白白送死。」
「可是……我想保護這座城鎮的未來。」
「你說城鎮的未來？」
「假如只是與英靈戰鬥，我可能已經放棄了。不過，若丟著那種惡毒的傢伙不管，這座城鎮會變成什麼樣子呢……並非因為我身為魔術師，而是作為警察無法放任不管。」
這名甚至未滿三十歲的警察所說的話，讓局長不禁嘆息並說道：
「你的氣魄我很欣賞。但我不能光憑骨氣就讓全體人員陷入危機中。既然你說自己還能戰鬥，就實際證明你靠單手或義肢也能控制好武器給我看。」
「……我會努力。」
聽到年輕警察充滿鬥志的口吻，當局長還在猶豫是否要繼續與他對話時——

胸前的手機響起，對話因此被強制中斷。

「……是我。」

『嗨，兄弟！真是災難！沒想到居然是吸血鬼！這就是那個啦，你不應該召喚我，而是應該召喚弗蘭肯斯坦博士才對，讓他替你製造大量怪物豈不是更好嗎？你說呢？』

相對於魔法師依然故我的態度，局長則嘆氣並平淡回覆：

「你這笑話很難笑。雖然沒有出現死人，但是有重傷的傷患。」

『話可不能這麼說。畢竟戰爭與傷患可是形影不離，以那種怪物為對手卻沒死半個人已經算僥倖了吧？就拿這次經驗當基礎，或許我還能幫你們再提昇裝備的力量呢。』

「我很期待。」

局長發自內心如此說道。

畢竟在他們累積經驗的同時，也必須要提昇寶具極限。

儘管他們還無法徹底發揮寶具力量，但想必接下來會逐漸有能解放寶具真名，完全發揮寶具能力的人出現。多數寶具均類似命定的勝利之劍（Excalibur）或穿透死棘之槍（Gae Bulg），基於詠唱「真名」而能發揮最大限度的力量。若是全員皆可運用自如，想必即使以高等級英靈為對手也能勝券在握。

『目前最接近解放真名的……這個嘛，兄弟，是你的日本刀。』

「是嗎？我會讓其他人也盡快追上。」

縱然局長如此斷言，另一方面他也告誡自己絕不能將這份不確切的力量納入計畫內。

魔法師對這樣的局長說；

『這件事先放一邊吧，兄弟。獅子劫那傢伙好像送來那件東西嘍。』

「……喔。他工作速度之快誠如傳聞。如果可以，我甚至想招募他來當歸我所管的主人呢。」

所謂獅子劫是某個本領高超的自由業魔術師的名字。

局長花大錢委託他去取得「某件物品」，但物品送達是否能趕上聖杯戰爭期間他卻只有五成把握。

這麼早就送到，也足以稱為出師不利但見得一線光明。

彷彿要印證這點般，電話另一頭的魔法師闡述起自身見解。

『若是有了這玩意兒，不論是尋常英靈或吸血鬼，由我來處理的話應該能觸及心臟喔。』

不過，魔法師接下來卻立刻講了出乎局長意料的話。

『我會做給兄弟你隔壁那名受傷的年輕人啦，就當作是代替被吃掉的匕首。』

「……那也得等他證明他還能戰鬥。」

『好，我會等。在這段期間，我就來將神話時代的乾貨泡發，做出最棒的武器吧。』

魔法師說出簡直像確定那名警察必定會歸隊的一番言論後，他在電話另一頭說出「那件物品」的名稱。

『就以這把九頭蛇之毒短劍（英雄殺手）為藍本，哈哈！』

×　×

史諾菲爾德西部　大森林

距離城鎮達數十公里遠的森林中——

女刺客蹲踞於深邃的森林內，並對自己的不成熟感到懊悔。

——天啊……

——我究竟做出何等愚蠢的舉動。

她對魔力並未耗盡一事幾乎沒有任何懷疑。

僅僅是一個勁兒注視前方，只看著自己應該達成的目標。

結果落得這種下場。

她居然靠魔物所給予的魔力，來行使偉大首領們的絕技。

——我竟然不小心玷汙了首領們的偉業。

——我已經……沒資格自稱信徒了……

她之所以沒獲選為刺客首領「山翁」的理由，除了她身為狂信者的一面令周遭人恐懼外，其他還有諸多理由——但被列舉的項目中最重要的一點，是她身為刺客實在過於愚直。

就警察局一事來看，若是普通的刺客，想必根本不會選擇從正面擊潰敵人。儘管也有為了向民眾展示「刺客的力量」而刻意在引人矚目的地方殺害目標，但被稱為「山翁」的首領們，泰半會採取符合貨真價實的「刺客」的作法。

由於她的個性，作為「戰士」的一面比起「刺客」更為明顯，因此當時的幹部們才畏懼讓她成為「山翁」。

原因在於他們感到受組織可能會變質，甚至讓自身五臟六腑暴露於陽光下的危險性。

毫無自覺的女刺客，只是不斷責備自己的不成熟。

——我以為自己是誰啊？

——像我這種不成熟之人，真的有資格懲處迷惑首領們的異端儀式嗎？

——話是這麼說，但我自己豈不是也受到聖杯吸引嗎？

——是啊，畢竟我從一開始就回應了聖杯的召喚。

——尋求聖杯者才會被聖杯召喚。

——假如這些硬塞給我的知識屬實，那代表我其實也在尋求聖杯。

——沒錯，實際上我確實在尋求聖杯。

——我想尋求聖杯再將之破壞，藉此宣揚自己的信仰心。

——為了滿足自我表現慾，才會這麼做……

——結果我依然渴求聖杯，我的內心也被聖杯戰爭的混沌所看穿。

她屈膝跪地並恥於自己的軟弱。

——就連如此異端的儀式都看透我卑賤的內在。

生理時鐘告訴她，她的義務——做禮拜時間已經到臨。

然而她認為眼下如此汙穢不堪的自己沒有那份資格。

取而代之的是她沉浸於暝想，藉此面對自己的軟弱。

接下來究竟度過了多少時間呢？

當她緩緩站起身後，其雙眸已經滿盈深沉而銳利的光輝。

——我還……不能到此為止。

若是平常，她可能已經挫敗並放棄鬥爭。

又或者會產生「就算是死徒的魔力又如何」這種妥協念頭。

但她並未選擇前述任何一點，話雖如此，她也沒有逃跑，而是選擇重新審視自身立場。

——我之所以會存在於此，是基於神的意志。

——假如目前這段時間也是賦予我的「命數」的一部分——我就必須去做我應當完成之事，絕不允許逃避。

——我該做的事……根本沒有任何改變，就是摧毀這場異端儀式。

——然後……狩獵那頭魔物。

——我的不成熟……不足以成為我裹足不前的理由，我不能將這點當成藉口。

她採取的行動究竟是因為想整理自己情緒，還是出於其他理由不得而知。

女刺客對於這數分鐘僅僅蹲踞在此，因而平白浪費時間的軟弱自己感到羞愧。

——是啊，我是何等不成熟。

她那雙確認到朝陽照射進森林的眼眸已經毫無迷惘。

她不僅承認自己的軟弱，甚至重新選擇奮戰一途。

——要打倒那頭魔物，究竟該採取何種手段呢？

非人之魔。

她確實一度靠妄想心音（zabaniyah）捏碎他的心臟。不過，他仍然存在同樣是事實。

——那傢伙到底有幾顆心臟？

——要怎麼做才能徹底消滅他？

女刺客重新思索起自己擁有的力量。

模仿先進們的神技。儘管性質相同，卻不可能連威力都如出一轍。

縱使她本人認為自己所有招式都「不及先進們」，但產生的效果存在高低差異，若擁有和真正的「山翁」使用的招式同等的力量，亦分別存在勝過前人與遜於前人的部分。

例如過去為名喚「靜謐」的山翁所使用的名叫「妄想毒身（zabaniyah）」的招式。

「靜謐」本人具備的力量實在相當強悍，包含其體液、指甲、皮膚和呼吸在內，他將自身一切均化為劇毒。甚至還留下恐怖的傳說，據說即使以萬人軍隊為對手，他同樣僅靠讓毒乘風而去即葬送全體敵軍。

但女刺客只將毒濃縮於自己的「血」，頂多算臨時模仿罷了。據說這是因為她想像到自己可能無差別散播死亡，甚至引發殺死同胞和無辜民眾的事態，因而減輕毒性濃度的緣故。

而「狂想閃影（zabaniyah）」確實是讓頭髮伸縮自如的操控招式，但根據口耳相傳的流言中，據說原本實際使用這招的「山翁」能讓每根髮絲皆變質為如蜘蛛絲般纖細，甚至能讓距離數里外的人在毫無知覺的情況下身首分離。

反之，女刺客不曉得以超越聽覺領域的歌聲操控對手的「夢想髓液（zabaniyah）」，已經擁有超越原創者的威力。儘管像剛才那樣以眾多人數為施展對象，也就只展現撼動大腦和讓魔術迴路失控的效果即告終，但假如將「歌」集中在一人身上施展，不僅能讓尋常使役者俯首稱臣，若對象是人類，甚至能操控此人的大腦。

原創者並未展現過如此威力，但即使她知道，想必也不願意承認。畢竟對她而言，能靠自身力量編織出如此絕技的那刻，就已經算創造無可取代的偉業。

女刺客將這些抵達無數「寶具」領域的技術排列於腦中，並持續思索最適合消滅魔物的方法。

不過在思考途中，她感受到些微不協調感。

她於生前也曾不時有過疑問。

名喚「瞑想神經（zabaniyah）」，能夠將周圍地形全都如自身一部分般感知的技術。

雖然這是她在警察局時為了尋找電源才使用的神技，但關於該招式，她總是被詭異的不協調感所囚禁。

據說此絕技是某名「山翁」所使用，但究竟是存在於哪個時代的「山翁」，她卻未能準確掌握。

不僅是她，就連她的同胞們與指導者，甚至現任「山翁」同樣如此。

只有使用過如此絕技的「山翁」存在的傳說流傳，她也以此為基礎，試著重現該絕技——

——「瞑想神經（zabaniyah）」真的是這樣的能力嗎？

——不，真的有使用「瞑想神經(zabaniyah)」的「山翁」存在嗎？

就連被稱為狂信者的她都抱持如此疑問。

不對，或許正是獻上一切去模仿這些絕技的她，才會產生如此疑問。

——總覺得……好像有什麼隱情。

——使用「瞑想神經(zabaniyah)」的「山翁」真的實際存在——

她在此強制停止思考。

不能有這些疑惑。

會思索這些事，代表自己果然還不成熟，她為此感到羞愧，於是再度為了打倒敵人而苦思。

同時在她心底，感受到那份奇妙的不協調感與「可能會發生什麼事」的命運般的預感仍不斷微弱呻吟。

簡直就像與某種事物產生共鳴般。

×　×

柯茲曼特殊矯正中心

讓時間稍微倒回。

「那麼……時間差不多了。」

在警察局被女刺客襲擊前不久，法迪烏斯待在位處監獄設施的最深處，也就是他自己的地下工房。

他佇立於施加了魔術性裝飾，讓人難以想像此處是近代式監獄內部的工房中央，緩緩調整呼吸。

從精巧的假人模特兒到用於咒術上的布娃娃，周圍端坐各式種類的人偶，它們眾多對「眼睛」都凝視著中央台座。

法迪烏斯．迪奧蘭德。

他既是來自歷代皆使用人偶的魔術師家系，也是與過去曾參加「冬木聖杯戰爭」的魔術師的親戚。

於第二次世界大戰前舉行的「第三次聖杯戰爭」。

使役刺客的魔術師，他的鬥爭化為魔術性「記憶」並烙印於他使用的人偶上，而該記憶透過這尊人偶傳達給全族人。

記憶的傳遞並非一子相傳，而是包含遠親在內，廣泛且無邊無際地流傳出去。

但是，一族中沒有任何聲稱「我將要征服聖杯戰爭」之人現身。

被稱為接連破戒再破戒，甚至有禁忌之術與魑魅魍魎橫行亂舞的第三次聖杯戰爭。

若目睹此等栩栩如生的紀錄，尋常魔術師會躊躇不決也是在所難免。

又或者，在一族之中有實力者，說不定已察覺到該聖杯已經參雜某種不好的東西。

在這種情況下——法迪烏斯的祖父找合眾國的政治家及軍方聯手——擬定一項計畫。

即是在自己的土地上執行聖杯戰爭。

原本被認定為不可能的任務。

畢竟就連聖杯戰爭的骨幹，即是紮根於土地的「大聖杯」的結構，都屬於艾因茲貝倫的祕術而並未對外流傳。

不過，他們將那當成往後的課題，只是先確保足以匹敵冬木那塊土地的靈地，並做好基礎準備。

無論如何，確保有用的靈地對政府來說也是不可或缺。

在聖堂教會權力強盛的合眾國內，即使打算讓魔術與政治扯上掛勾，這類動向也會受到抑制，因此終究只讓魔術往隸屬部分機關管轄的方向塵埃落定。
只要能在百年後或兩百年後稍微接近冬木的聖杯戰爭就好。
即使屆時名為美國的國家體系有所改變，也只要建構持續以此為基礎的組織即可。
「他們」充滿如此熱情，進而巧取豪奪守護土地一族的土地，並且不斷大規模調整土地的靈脈。
然而，當法迪烏斯的父親接手該事業時，計畫甚至未滿百年就迎來重大轉機。
來自與法迪烏斯不同家系，某個和政府的陰暗面有所牽扯的魔術師——提議說能夠重現大聖杯系統的一部分。
——「我會去把冬木聖杯的一部分偷過來。」
——「在這裡培養偷來的聖杯就好。」
他在開什麼玩笑。
儘管任何人都覺得他在開玩笑，但這名魔術師過去幫政府留下不少實績，因此也無法徹底無視他的提議。
但即使是培養大聖杯，贋品就是贋品。與完美無缺的冬木聖杯相比，和靈脈間的維繫並不是太強烈。
當法迪烏斯的父親詢問魔術師真的有辦法重現時，他如此說道——

──「利用引子即可。」

「還引子呢。」

法迪烏斯回想起從父親口中聽來的話，不禁邊苦笑邊喃喃自語。

「那個『引子』居然在城鎮南方製造出玻璃的隕石坑，諷刺也該有個限度。」

他大口吐氣後，笑容頓時消失，開始執行自己的任務。

「以銀與鐵為元素，以石與契約之大公為基礎──」

從法迪烏斯嘴裡溢出的話語，毫無疑問是「召喚英靈」的咒文。

咒文經過一番漫長的詠唱，氣氛逐漸產生變化。

不可能的詠唱。

不可能舉辦的儀式。

若是知曉聖杯戰爭的魔術師，想必任誰都會這麼認為。

因為英靈已經全部召喚顯現了。

在史諾菲爾德的英靈有六柱。
此為法迪烏斯自己對朗格爾等魔術協會的人宣傳的內容。
而且，這番話並非虛假。
虛偽的聖杯戰爭。
既是貨真價實卻又被當成虛偽儀式的零件召喚出來的英靈們。
他們不過是祭品。
不過是為攪亂靈脈，讓「波」匯集於一定方向。
為了再利用那份反動——展開真正的聖杯戰爭。

「——自抑止之輪現身吧，天秤的守護者……！」

當詠唱結束的瞬間——法迪烏斯的工房滿溢光輝。
無數端坐於周遭的人偶眼睛反射該光芒，並開始微弱顫抖。
彷彿在祝福英靈的顯現。
又或者，是在畏懼滿盈的死亡氣息。

接著，光收束於房間內的一處——

什麼也沒發生。

「……？」

當光芒消失後，人偶的喧囂也隨之停止，只有冷冽的寂靜包圍工房。

「……失敗了……？」

他無法感受到英靈的氣息與魔力的維繫。

最重要的是，他沒有聽到來自英靈的「汝是主人嗎？」的提問聲。

「嗯……」

但法迪烏斯的臉上卻不見焦躁神色。

老實說，他原本就認為成功率呈五五。

竟然想拿六柱英靈當引子，進而追加召喚七柱「英靈」，胡來也該有限度。

畢竟早已有英雄王那種強而有力的英靈顯現，拿來當作「引子」的總量實在過多。

「好吧，那就來執行計畫B。」

法迪烏斯輕聲嘆息後，直接離開工房。

既是第二工房，也是監獄內拿來當成監控室的一區。

法迪烏斯進去後，他對以愛德菈為首的部屬們宣告。

「改為執行計畫B，去聯絡法蘭契絲卡小姐與奧蘭德先生。」

「……請問英靈沒顯現嗎？」

法迪烏斯聽聞愛德菈直截了當的提問便乾脆點頭。

「對。即使加上『時間限制』，一次顯現七柱果然就已經到極限。就依照我們準備好的計畫，並非將劍兵當成『真正的第一柱』而是『贗品的第七柱』來執行虛偽聖杯戰爭。」

——也不曉得聖杯在這種情況下是否會顯現……包含這點在內，就一併當成下次的功課吧。

——但是，只有令咒好好浮現出來……

——假如解決掉現在的主人，有辦法靠這令咒和英靈再締結契約嗎？

法迪烏斯以冷若冰霜的視線凝視右手的令咒，再拿筆將過程寫在便條紙上，接著打算再與各方進行聯絡。

然後，他察覺到些微的不協調感。

在排列得井然有序的螢幕中有幾台出現雜訊。

若只是這樣，那可能是單純的故障——但問題是連「來自使魔的影像」都出現雜訊。
儘管它們有著螢幕的外觀，卻是魔術性物品。
畢竟這些螢幕根本不可能出現一般的雜訊，只能懷疑是來自外部魔術師的干涉。
然後，在法迪烏斯確認螢幕畫面時——他發覺自己居然在手邊的便條紙上塗鴉。
——哎呀，一不小心就畫起來了。
——平常我是不會做這種事的……
——果然是因為沒能成功召喚英靈，所以有點受到打擊了嗎？
法迪烏斯對自己的行動感到費解而歪頭，隨後打算撕破那張便條紙。
但他的手卻不經意停住。
因為他發覺在剛才的塗鴉中，出現一段與自己的筆跡截然不同的文字，書寫著意義明確的文章。

『試問，汝是我的主人嗎？』

法迪烏斯感受到血液全往後腦杓竄升的感覺。
他告訴自己不能讓別人察覺到焦躁，緩緩環視周遭。

接著他看見了黑暗。

出現雜訊的螢幕反映出的是監獄外的景象。

是成為照明死角的森林陰影處。

法迪烏斯的視線被那格外深邃的黑暗吸引。

正確來說，是位於黑暗中央的渺小白色物體。

這台螢幕是與使魔連結的魔術器具。

因此他對使魔下達指示，讓使魔接近那片黑暗。

最後，法迪烏斯確信了。

飄浮於黑暗中的是扭曲歪斜的骷髏面具。

「……恕我失禮，我稍微去呼吸下外面的空氣。」

法迪烏斯離開房間後，立刻飛奔至螢幕畫面內的地點。

他也有設想到，可能是外部的魔術師設置的陷阱。

因此他慎重地對周遭保持警戒，步行於監獄的通道上。

黎明前的漫長道路。

當他快步走在幾乎沒有光線從窗外透進來的走廊時——

走廊盡頭原本忽明忽滅的日光燈，終於徹底熄滅。
突然於前方醞釀出一片黑暗。
法迪烏斯從中看見了。
浮現於濃郁黑暗中的白色骷髏面具。
——沒有錯。
——那張骷髏面具……是刺客的英靈。
所以召喚成功了嗎？
不對，該不會是早已被召喚出來的，也就是「祭品」的刺客呢？
在各種臆測穿梭於腦海時——走廊盡頭的日光燈再度點亮，白色面具也同時消失。
「剛才那是……」
當法迪烏斯嘀咕的瞬間，這次輪到自己頭頂正上方的日光燈熄滅。
熄滅的同時，背後也傳來聲響。

「……別回頭。」

好不容易才勉強理解是男性的聲音，其語調毫無感情到完全無法想像對方的年齡與體格，對方在法迪烏斯背後輕聲低語。

「……唔！」

法迪烏斯在那瞬間已經做好自己會死的覺悟。

從現在開始，不論自己做什麼都只會以徒勞告終。

他認為不管行使自己擁有的任何魔術，都不可能在這種情況下獲救。

法迪烏斯正是如此明確預感到「死」。

他不曉得背後究竟有什麼。

甚至覺得背後有黑暗無限擴散。

他正是如此地「什麼都感覺不到」。

對方的語調並非充滿殺氣，甚至完全相反——

他無法從背後的說話聲感受到任何一種氣息。

簡直像連空氣都不存在的「無」之空間內，那道聲音直接找自己搭話的感覺。

那道聲音的存在感正是如此稀薄——他幾乎懷疑是否為自己產生幻聽。

儘管如此，只有一件事他還能想像。

若問自己背後究竟有什麼存在——那就是剛才飄浮於黑暗中的白色面具。

「試問……汝是我的主人嗎？」

虛無的提問。

明明只要回頭就能找到答案，但法迪烏斯卻無論如何都辦不到。

而他能做到的，僅有在這片寂靜中，對佇立自己身後的男子開口說話。

「……是的，若你是從剛才的召喚中現身的話，那應該就是這麼回事。」

稍隔片刻後，低喃的人聲撼動法迪烏斯的耳膜。

「……汝有信念嗎？」

「信念……？」

從感到疑惑的法迪烏斯背後傳來的說話聲，只是拋出語調平淡的言詞。

「……汝擁有願意奉獻人生的信念嗎？」

法迪烏斯稍微思考後，邊調整呼吸邊答道：

「我們為了合眾國而奉獻出魔術的一切，這就是我的信念喔。」

「……汝有覺悟即使斷絕人的命脈也要貫徹這項信念嗎？」

「請問你是指即使要殺人嗎？」

「……與我締結契約就是這麼回事。」

既然是聖杯戰爭，那泰半魔術師都會做好賭命的覺悟。不過，當面臨能鮮明感受到「死」逼近自己的狀況時，究竟又有多少魔術師能立刻回答辦得到呢。

經過短暫沉默後，年輕魔術師心境平穩到令人訝異的程度開口說道：

「當然可以。只要是為了合眾國，我將不吝於殺死國民。」

耳聞法迪烏斯如此斷言的這番話，寂靜暫時造訪，接著背後的黑暗說道：

「……我的名字是哈山．薩瓦哈。」

英靈宣告自身真名。

法迪烏斯確信了。只要尚未締結契約，這就不是念話。

然而他確信對方報上的名號，確實僅傳達進自己的耳裡。

那真的是只能撼動法迪烏斯腦海一處的低聲呢喃。

他簡直像體驗到詛咒浸染到五臟六腑的感受。

「只要汝不喪失信念，我就會成為汝的影子。」

隨後，就在法迪烏斯直到最後都沒目擊對方的情況下——「影子」撂下一句話，就直接消失於黑暗中。

只有眼下依然無法動彈的法迪烏斯被留下。

他感受到魔力線與位於遠處的「某物」連接起來。

但法迪烏斯幾乎無法感受到魔力有移動，因此他們兩者就連是否真的連繫起來，他也無法立刻作出判斷。

「原來如此……事到如今我才有實際感受呢。」

如果答錯一道問題可能就會當場喪命。

他所召喚的英靈，若是按錯一個按鈕可能就會化身死神。

法迪烏斯實際感受到英靈的蠻不講理和恐怖——

接著邊冒出冷汗邊輕聲笑道。

「這就是……聖杯戰爭嗎？」

第六章

「第一日　白晝
兩名弓兵，然後……」

夢境中

「萬歲！是小狗！」

天真無邪的說話聲響徹陽光普照的庭院。

「還有小貓跟松鼠！」

她小跑步去追逐在庭院草皮上往來的動物們，接著她抓住其中一隻再將牠抱起來。

「大家全是黑漆漆先生帶來的吧！謝謝！」

少女抬起視線後，前方有片巨大黑影——騎兵在蠢動。

椿稱呼這名使役者為「黑漆漆先生」，她並沒有很怕他。

天空有無數鳥兒成群飛翔，她的周圍還有精力充沛的小動物來回奔馳。

椿置身於有點像動物園的觸摸體驗園區的氛圍中，洋溢著幸福感受。

「椿，差不多該吃午餐了吧？」

「要記得好好洗手喔。」

「好～！」

椿聽進父母的話後進入家裡。

她一度回過頭來，重新凝視灑滿陽光的庭院景象。

鳥兒的婉轉叫聲。

小狗和小貓曬日光浴的草皮。

啃著橡樹果實的松鼠親子。

描繪出她理想樣貌的「庭院」風景。

畫面裡只有一處異樣呈現，就是庭院中心搖曳著巨大陰影，但椿沒有察覺到這份異樣，只是心滿意足地微笑。

她毫不知情作為這座小小庭院的代價，讓世界發生了什麼事。

× ×

廉價汽車旅館

『為您播報下一則新聞。目前史諾菲爾德市內的動物醫院大爆滿，從今天凌晨開始，市內各地區發生多起動物陷入昏迷的現象，居民間蔓延著是否為新型傳染病的不安情緒。雖然陷入昏迷的動物很快便恢復意識，但動物們的皮膚都冒出紅黑色斑點，市政府正與衛生局聯合展開調查──』

當市內有線電視正播放著這種新聞時，廉價汽車旅館內冒出悠哉的說話聲。

「唔哇啊，我總算辦好手續嘍！大功告成啦，傑克先生！」

『嗯。雖然值得高興，但首先我覺得你如此大方地講出我的真名實在很要不得。』

「啊，說得也對！對不起！……那麼，來想個綽號好了！我想想喔……英國式地獄殺人狂之類的……」

『你乖乖地喊我狂戰士就好。』

狂戰士手錶叮囑情緒激昂的費拉特。

費拉特之所以歡欣鼓舞的原因，來自他才到手的行動電話。

這支行動電話不僅能傳送附加照片的電子郵件，還是能撥打國際電話的最新款，他因為能與鐘塔的師父取得聯繫而雀躍不已。

「總算能跟各地進行聯繫啦。畢竟好不容易昨天買好手機，結果卻只能當成相機和收音機來用呢。」

費拉特望向手機畫面，上面有著各式各樣的照片。

其中還有爆炸的歌劇院的照片。

「昨天那個英靈的演講，要是有拍照就好了。都怪我因為接受採訪高興到忘形，結果不小心就忘記拍照……」

『嗯，為了獲得敵方英靈的情報，拍照也是手段之一……』

相對於努力想朝積極方向思考的傑克，費拉特則雙眼閃爍光輝地對他說道：

「啊，不過我有拍到死徒和另一個英靈的照片！」

費拉特將手機畫面秀給手錶看。

畫面內映出昨天在警察局停車場作亂的死徒身影。

「這照片可是很寶貴的！因為其他有拍照的人都被教會的人下暗示，自己刪除掉照片！啊啊，我有做過迴避暗示的訓練真是太好了！」

『稍等一下。雖然我也很在意吸血鬼，但你先詳細告訴我所謂「另一個英靈」。』

「啊，對喔。因為傑克先生死盯著那名神父先生和死徒的打鬥不放，所以才沒注意到呢。」

『為什麼你那時候不跟我說！』

「哎呀，因為事發在一瞬間，我就想之後再說就好。」

聽到費拉特態度如此乾脆的發言，正當狂戰士心想「或許是該認真訓他話一頓」，因此打算拉高念話音量時——

卻因為費拉特比他更快上一瞬間的發言，而潑了他內心一桶冷水。

「而且……萬一不小心讓對方發覺我很慌張，可能一瞬間就會被殺。」

『……你說什麼？』

「我還是第一次看見那麼驚人的能量『集合體』。根本不是討論有什麼能力，還是對方真名是什麼的情況……我覺得光是四目相對可能就會被秒殺。」

儘管費拉特的表情還是老樣子，但狂戰士憑直覺就能理解。

這名少年沒撒半句謊話。

雖然這名少年將自己與死亡擦身而過的事，用三言兩語輕易帶過，甚至就連到前一刻都忘記要告知他，但狂戰士在感到不安的同時，卻也懷抱某種安心感。

『……你真是的……我還以為你只是個白痴，沒想到在奇怪的地方還滿淡然的。』

「請問你之前一直覺得我是白痴嗎？」

『你生氣了嗎？』

「不會，我反倒覺得很開心。」

費拉特愉快地笑著，一邊想起足以稱為第二故鄉的鐘塔並說道：

「因為我小時候老是有人莫名其妙怕我或避開我……能像這樣面對面對我生氣並罵我笨蛋或白痴的，就只有教授和他的公主妹妹，還有同一間教室的同學跟畢業生之類的人而已……」

聽見費拉特消沉的語調，狂戰士原本一瞬間還同情起費拉特，但他忽然重新思考。

『不……我說……這人數其實還挺多的吧？』

×　　×

數分鐘後　倫敦　鐘塔

當史諾菲爾德迎接早晨時，另一方面倫敦則距離黎明尚且遙遠。

魔術協會中樞的鐘塔的一間房間裡，兩名幹部以處理「在史諾菲爾德舉行的聖杯戰爭」之問題的顧問身分面對面交談。

「那小子……果然是笨蛋加白痴……」

艾梅洛閣下二世邊抽搐臉頰邊呻吟，面對他的同席老邁男子——羅克．貝爾芬邦嘆氣後開口說道。

「我很同情你，二世閣下。」

兩人在看的是潛入史諾菲爾德當地的魔術師所傳送回來的畫面。

透過魔術通訊從水鏡映照出來的是史諾菲爾德本地的有線電視台的新聞錄影畫面。

──『咦？這是電視台嗎！唔哇，教授跟萊涅絲有在看嗎！』

當艾梅洛二世看見費拉特面對攝影機雀躍說話的瞬間，彷彿產生他的胃在邊拉鸞腳小提琴邊跳舞的錯覺。

羅克看見艾梅洛眉頭深鎖後，送出參雜憐憫的話語。

「雖然把他硬塞給你的我也有責任，但老實說，還能繼續照料他的你已經讓我超越佩服，甚至感到錯愕了。」

老魔術師往後靠椅子發出嘎咿聲響，接著繼續說道：

「居然師徒倆都瞞著教授跑去參加聖杯戰爭……簡直把魯莽也當成教學的一環呢。」

「我無言辯駁。」

「不過啊，雖然費拉特是名問題兒童，但他也毫無疑問是天才。萬一他真的能將大聖杯的系統帶回鐘塔，便是天大的功勞了啊。而且假如能將英靈本身帶來鐘塔，那將會成為足以顛覆歷史的研究對象。」

簡單來說，這名老翁詢問的重點在於「是否能只把好處搶來利用」，於是艾梅洛二世輕輕聳肩說道：

「原來如此，實在很像召喚科學部部長兼降臨科的閣下會講的話。不過，如果是尤利菲斯降臨學部長，想必就會跳過『研究對象』直接稱為『資產』。」

「少挖苦我了，代理的閣下本身沒有任何意義，這點你應該最清楚不過。」

「是啊，我也是如此，這位子不過是暫時由我保管。不知道是我家的公主先長大成人，還是被派去以冬木為首的特殊靈地的閣下隊伍會先回來呢。」

「我都說少挖苦人了。」

羅克是鐘塔裡頑固至極的保守派，原本像艾梅洛二世這種「既非保守派也算不上革新派的臨時閣下」根本不被他放在眼裡，但現在他們幾乎平起平坐地交談。

這也是多虧他的立場與艾梅洛二世接近的緣故。

原本降靈科的閣下——應該是擔任院長的尤利菲斯家家長，還有因為特殊命令暫時離開鐘塔，其地位僅次前者的布拉姆·納薩雷·索菲亞利。

然後，在他們結束長期的特殊命令並回歸之前的這段期間，由羅克暫時代理閣下的位置。

他很清楚自己對於權力的渴望，但是理解自己不適合閣下的寶座，所以在會議時總有股自卑感。一旦被以巴露忒梅蘿為首的其他閣下狠瞪，他甚至感覺壽命正確實縮短。

為此，他才同情起理應會比自己更感到無地自容的艾梅洛二世。

「但是……比費拉特更有問題的是之後電視上拍到的盔甲男。假如他是英靈，那我們應該判斷合眾國那群人，缺少完全隱匿聖杯戰爭的能力吧。」

「我認為那件事再怎麼說也是預料外……」

會自己跑去上電視的英靈實在前所未聞，儘管艾梅洛二世很想這麼說，但他腦內卻浮現出某個如果有機會上電視，甚至有可能自報真名的豪放不羈英靈身影。

「……哎呀，不過正因為是聖杯戰爭，所以才不知道會發生什麼事。」

當艾梅洛二世嘟噥完搪塞般的話後，便開始陳述自己對隱匿問題的見解。

「聖堂教會或我們採取的隱匿措施，大概再過五年就不管用了吧，任誰都能靠行動電話即時上傳高解析畫面到社群網路的時代將會到來。若技術發展至此，資訊的擴散力便會超出隱匿的壓力。屆時不是要摸索新式的隱匿方法，就是得考慮部分公開，這種分歧點勢必會降臨。」

「嗯……很抱歉恕我才疏學淺，請問所謂的社群網路，是哪個領域的魔術用語呢？」

「……」

當艾梅洛二世想起眼前的老翁別說行動電話，是名連一般電話線都不願意牽的頑固保守派時，他開始困惑該從哪裡解釋起才好。

下一刻，好巧不巧他懷裡的手機響起收到郵件的鈴聲。

「恕我失禮。」

確認過郵件後，發覺是來自不認識的電子信箱——卻因為寫著「致絕對領域魔法師老師！」的主旨，艾梅洛二世因此理解一切。

艾梅洛二世在內心大喊「Fuck」，同時表面上拚命佯裝平靜。

「看來我那個白痴弟子總算記得要聯絡了。」

「哦，那可真是僥倖。」

接著，艾梅洛二世確認起郵件內容——

『嗨，教授！我也從今天開始能用手機寄郵件嘍！拜教授之賜，我召喚出最棒的英靈了！請您看一下，這個是狂戰士先生！』

在寫有這種內容的郵件裡，還附加一張蒸汽龐克風的手錶照片。

「他在胡說什麼……我根本沒搞懂……」

或許獲得狂化技能的人其實是費拉特，或者他根本原本就有狂化技能，二世保持冷靜地如此思索。

接著再過幾秒後，費拉特又傳來別封郵件。

『我在城裡發現第一英靈！啊，加入狂戰士先生跟穿盔甲的人就是第三英靈吧？因為太可怕了，所以我沒去找他講話，該怎麼做才能跟對方變要好呢？』

「受不了，那個白痴……」

艾梅洛二世開始產生自己的胃在演奏死亡金屬音樂並猛甩頭的錯覺，他打開附加檔案的照片。

然後，當他看見照片上拍到坐在凱迪拉克後座，身穿豪華服飾的男子後——

胃部的慟哭頓時停止。

不只是胃，或許連呼吸和眨眼，甚至連心臟都停止數秒。

「怎麼可能……」

「怎麼啦，二世閣下。」

一邊聽著羅克語帶擔心的詢問，艾梅洛二世內心的拼圖總算湊齊。

在沙漠上製造出隕石坑的消息。

還有，雖然服裝和髮型都跟自己知道的不同，但他不可能看錯。那道身影正是過去他在冬木那塊土地上所見識過的，強悍到無與倫比的使役者。

既然和那名英靈扯上關係，那搞出一個隕石坑也不足為奇。

羅克目睹二世鐵青的臉色，擔心他是否又會因為操勞而倒下——但艾梅洛二世的時間卻彷彿忽然繼續走動，他反倒精力充沛地站起身。

「……恕我失禮，我可以稍微發封郵件嗎？」

「嗯……好的。」

看見神情嚴肅的艾梅洛二世後，儘管羅克懷疑地心想「郵件？要在這裡寫信嗎？那筆在哪裡？」卻因為被對方的氣勢震懾而頷首。看來羅克似乎認為剛才收到的電子郵件也是某種魔術性念話的聯絡手段。

艾梅洛二世背對這名年邁的魔術師，以飛快速度打起手機郵件的文章。

『我以教授身分出功課給你，無論如何都絕對別接近那名英靈。』

他稍微思考一陣子後，又繼續追加一段補充文字。

『趕快把你這支手機的電話號碼告訴我，你這×××××。』

×　　　　×

同時刻　史諾菲爾德「水晶之丘」最頂樓　皇家套房

吉爾伽美什絲毫不曉得自己的照片居然讓一名魔術師心臟停止數秒，他從四面皆以玻璃環繞的最高級套房內俯視街道。

「哈哈哈！如果只比較街道或樓閣，果然還是烏魯克的街景更美！」

吉爾伽美什拿此處與昔日自己統治的都市作比較，同時心情愉快地笑著。

他曾一度駕駛凱迪拉克回到緹妮等人的工房，只拿走最低限度必要的物品，然後就帶緹妮來到這間賭場旅館的最頂樓。

資金自然是昨晚從賭場贏來的收益，而旅館方自然也將他奉為「在這裡花費從我們那邊贏來的錢的頂級貴賓」。

除緹妮本人外，她還有其他幾個黑衣部屬以護衛身分在這裡住下。

一名醒目的男子，和其他恭敬地唯命是從的眾人。

從旅館員工的角度來看，想必會認為他們是「打哪兒來的大富豪與其侍從」。緹妮從年齡來看，很可能被認為是侍從的女兒或是富豪的養女，甚至是其他的身分。

儘管緹妮不清楚吉爾伽美什的意圖，但或許是因為他身為王，才想拿城裡最奢華的房間來當作據點。

不過對她而言，轉移至如此醒目的地點只讓她感到不安。

那些建造「城鎮」的敵對魔術師也必然會監視他們，由於此處連工房都算不上，因此要做好迎戰敵人的準備也會格外辛苦。

另外，就算將這裡改造成工房，也不代表足夠抹消她的不安。

「我聽說過去的聖杯戰爭中，有靠將整棟旅館弄塌來摧毀工房的前例。畢竟敵方組織很強大，或許連這棟『水晶之丘』都會全數遭到破壞。」

緹妮提出諫言後，吉爾伽美什爽快答道。

「想破壞就隨他們高興吧。原本我會說那類瑣碎問題，你們就自己想辦法克服，但畢竟是我叫你們來這裡，至少降落傘我還會借你們一用。」

吉爾伽美什講完這番無法判斷究竟是真心還是玩笑的話後，繼續舉止優雅地俯視城鎮。

隨後他直接移動到房間西側，凝視起位處這片景色盡頭的大森林後低喃道。

「呵呵，看來我的朋友真的很雀躍呢，竟然讓如此遼闊的森林翩然起舞。」

緹妮耳聞他這番話後朝森林方向望去。

對土地守護一族來說，自然能立刻理解發生什麼事。

森林整體發生變動，猶如一隻生物在蠢動。

「朋友……嗎？」

「是啊，等我有興致時，再來跟妳談談他的事吧。不過，那可真是場充實的重逢盛宴，若非有人插手妨礙，甚至能持續三天三夜呢。」

——那種激烈的戰鬥……要來上三天三夜……

聽到吉爾伽美什講出幾乎會讓人昏厥的話，緹妮背部因為緊張而冒汗

若那位英雄王真打算要做，那他剛才所言肯定不是開玩笑，而是真能連續大戰三天三夜。

假如有無法辦到的理由，其必定來自身為主人的自己。

作為繼承歷代祖先力量的魔術師，她自認為有力量。

但是，若面臨那群強而有力的英靈，自己又能辦到什麼？

緹妮感到迷惘，儘管如此，她仍決心要運用能派上用場的一切。

「……現在我們的同伴正在追蹤其他魔術師們的動向。應該是構築城鎮系統的一人，也就是繰丘家的家長，目前卻採取與聖杯戰爭毫無關連的舉動……」

「妳把這種事報告給我聽是想怎樣？身為主人要如何行動全憑妳的意思。」

「……好的。」

吉爾伽美什瞥一眼沮喪的緹妮，露出壞心眼的笑容後提問：

「我說，緹妮啊。妳不是想搶回這塊土地嗎？」

「……！這是當然！」

「既然如此，妳不認為把那群雜種魔術師們，連同這片平庸的景色一起夷為平地才是最便捷的方法嗎？」

「咦……」

聽起來實在不像單純的玩笑話。

英雄王吉爾伽美什能輕易實踐剛才講出來的話。

因為她從前一天於沙漠上的戰鬥得知他確實擁有這種程度的力量。

「請別開玩笑……」

「玩笑？對妳那『祖先的夙願』而言，這不是最接近的答案嗎？最初召喚我出來的小丑的命，和只會在這座城鎮上蠢動的雜種們的命又有何不同？用妳手上那令咒來命令我『消滅城鎮』不是最直截了當的方法嗎？如果只是要讓妳的同伴逃難，要我等妳也行。」

「……」

妮緹思考一陣子後，戰戰兢兢地說出答案：

「若是做出此等暴虐之舉……就與搶奪這片土地的魔術師無異。」

「不夠呢。這並非妳自己想出的答案，而是被妳找到的答案。」

「……！」

緹妮對輕易被看穿一事，深深感到羞愧。

連她自己都明白剛才的答案不對。

──我應該發誓過，要比魔術師們更貪婪地搶回土地才對。

──話雖如此，為何我又會對毀滅這座城市一事有所猶豫。

──為什麼──為什麼，為什麼？

由於緹妮連自己的內心都不明白，因此深受打擊俯首著。

她無法答覆王的問題。如此一來，即使自己被處決也無可厚非。

少女理應捨棄的心靈，開始充滿恐懼的情感。

她原本就做好死亡的覺悟。然而剛才，她卻對讓英靈失望一事更感到恐懼。

吉爾伽美什看見緹妮的模樣後，他看透她的心思，笑著繼續說道：

「產生疑問了嗎？那先這樣就好。」

「咦……？」

「如此才會成為打破盲信的基礎……沒什麼，我只是看妳愁眉不展的，所以才稍微逗弄妳一下。別放在心上。」

他那番話明顯並非「逗弄」等級的內容，但總之緹妮算是暫且心安。不過剛才對自己所產生的疑問卻沒有消失，依然糾纏著緹妮。

吉爾伽美什再度俯視街道，百無聊賴地說道：

「不過……先不論妳的願望，妳不覺得只要看見這些人群，就會下意識想剷除他們嗎？」

「……？」

「真是的……我昨天親自巡視城鎮，發覺這個時代實在有太多毫無價值的雜種。雜種在我的庭院繁榮是很讓我滿意，但只有數量蔓延卻很醜惡。」

「請問……您打算做什麼？」

緹妮為英雄王是否會突然想將市民們從自己的視野內「排除」感到緊張，但吉爾伽美什彷彿在解答她的疑惑般聳肩道。

「別擔心，我可不會特地去清理垃圾。」

吉爾伽美什俯視城鎮並一臉無趣地說道：

「假如我重獲肉身並認真歌頌人生又是另一回事。屆時我可能會考慮剔除缺少存活價值的雜種，但此事與現在的我無關。如果雜種們選擇邁向緩慢的毀滅，我也只會觀察他們愚蠢的末路再一笑置之。」

接著，他猶如懷念起遙遠的過往般，繼續半自言自語地說道：

「假使因為有魔物在我的庭院肆虐而招致毀滅，那我當然無法坐視不管，但若是基於雜種自己選擇的道路，我便不會插嘴。如果他們是沒注意到還有別的選項殘留，那身為路標的我或許會賜予他們一些艱難險阻。」

聽過這番話後，緹妮同時感受到心安與恐懼。

這位英雄王正是將地球全體都視為庭院的王。

不僅擁有明確的「自我」，甚至是會對人類的一切都下達裁斷的王中之王。

總覺得這是與天譴不同的事物。

由於緹妮想看穿那「事物」究竟為何，因而不斷緊盯著吉爾伽美什。

「怎麼啦？妳總算發覺這世上最棒的娛樂就是欣賞我的榮耀嗎？很好，我許可。妳就儘管看個清楚，直到星球毀滅的瞬間，不斷傳頌給妳的子子孫孫吧。」

緹妮心想這次應該總歸是玩笑話，卻又覺得他這番話實在認真到不行。

——雖然我不太清楚……但他真的是個很厲害的人……

儘管緹妮舉止成熟，但本質上依然年幼，她對於吉爾伽美什的奇異舉動和超乎凡人常識的一面，皆當成「王就是這麼回事」而接受。

就某種意義上來說，兩人其實相當契合，但英雄本人卻一副事不關己的態度，再度隨心所欲地說道：

「那麼，今天該做的事……先來清掃一下飛蟲吧。」

「飛蟲嗎？」

「是啊，畢竟有不解風情地妨礙我和朋友享受重逢喜悅的傢伙在。即使昨天白晝時分我到街上巡視，卻仍舊沒能找到那豈有此理的混蛋。既然如此，那我也只能端坐著等待對方現身。」

「等待……在這裡嗎？」

英雄王對費解歪頭的緹妮以充滿自信的口吻說道：

「當然。畢竟聖杯戰爭最難對付的一名強敵就在如此醒目的地點盤據，別跟我說會沒注意到。不過，另一名難應付的強敵，也就是我朋友在森林大肆胡鬧了一番……不論那隻飛蟲受哪方吸引，都註定要步入毀滅之道。」

也不曉得他的根據從何而來，吉爾伽美什洋溢自信地宣告著。

「畢竟蟲無法抗拒眩目的光輝，只要誘敵入陣，再將之焚毀於無形即可。」

然後於下個瞬間——

一陣銳利的風吹過史諾菲爾德的街道中。

×

×

警察局　局長室

「呀呼～近來可好～？新人小弟☆」

聽到法蘭契絲卡朝氣蓬勃地找自己搭話，局長不屑地答道：

「滾回去，老狗。」

「咦咦咦？雖然我注意到你在背地裡這樣罵我，但再怎麼說，當面講還是會讓我很受傷的喔。比起精神上的傷害，肉體上的傷害會讓我比較開心，希望你能多關照一下。」

「閉嘴。」

局長對哥德蘿莉少女展現露骨的敵意，卻不見她有絲毫要打道回府的樣子。

「好啦好啦，我閉嘴就是。但有句話我可要說清楚，雖然你每次都老狗老狗的喊，不過這副身體我才用三年而已喔，連內臟都還很乾淨，你要看嗎？」

法蘭契絲卡如此說道，並捲起自己衣服的一部分，好讓肚臍部分露出來。

然而此處卻有件異樣的事物。

在乍看下很美麗的腹部上，有件照理說不該有的事物。是直接附著在肉上的，幅度很寬的拉鍊。

利用類似人類牙齒的材質製作而成的拉鍊，從左右肋骨附近開始一路延伸至肚臍下方，呈現若是打開或許就能看見什麼，這種讓人不太願意想像的樣貌。

「要看嗎？想看嗎？很想看吧？女生的祕、密、內、臟☆」

法蘭契絲卡發出媚惑似的嘻嘻笑聲，局長卻不皺半下眉頭。

「妳有什麼事，是來嘲笑我們任人擺布嗎？」

「怎麼會！我只是來探望你！真是場災難呢，沒想到死徒居然會是主人，連我都完全沒料到呢！必須盡早排除才行！」

「少騙人，我很清楚妳心裡因為情況變精采而感到高興。」

「啊，果然看出來了？可是啊，我可是很討厭死徒的，畢竟他們是人類公敵。因為我是人類的同伴，所以可不會把人類讓給他們。」

縱然法蘭契絲卡充滿自信地抬頭挺胸，局長卻再度不屑地說道：

「你們只是在搶奪飼料吧？」

「咦咦咦？你心情不好？有這麼受打擊？因為好處全被那個帥哥神父給占盡了。」

「先不論這點，聖堂教會該怎麼應付？」

「總之就先無視吧，反正若是有需要找他們求助的主人，他們自己就會跑去吧。」

法蘭契絲卡不停轉動雨傘，接著忽然不滿地鼓起臉頰。

「不管怎麼說，對我而言，昨晚的事也有很不是滋味的部分呢。」

「妳指哪點？」

「因為最後引人矚目的不是只有代行者和死徒嗎！不行不行，那樣不行！不能在序幕就讓那種局外人氣燄太盛啦！」

法蘭契絲卡拚命揮舞拳頭和雨傘說道。

她倏地停止動作，敞開雙臂彷彿在對某人斷言。

「畢竟聖杯戰爭的精華，果然還是得在英靈（使役者）和魔術師（主人）身上才行！」

「……」

「……你不覺得？」

當她轉向局長的方向竊笑的瞬間——

爆炸聲包覆周圍，局長室的玻璃窗全部碎成一地。

「！」

不僅是局長室，就連警察局北側的窗戶也全敗陣於轟鳴與風壓而碎裂。

「啊哈哈哈哈哈！來，開始吧開始吧！場刊買了嗎？爆米花拿好了嗎？對喔，警察局長的話應該是準備甜甜圈吧？動作不快點的話，可能就要錯過世紀的一戰嘍！」

「妳這傢伙……！」

死瞪著法蘭契絲卡的局長此時還不曉得。

玻璃碎掉的地方並不只警察局——

×　　×

數十秒前　史諾菲爾德北部　大溪谷

比召喚吉爾伽美什的洞窟更前進北方數公里的紅土溪谷。

有名男子佇立在與「水晶之丘」最頂樓幾乎同樣標高的高地上。

是名身高超過兩公尺，全身骨瘦如柴的細瘦男子。

他手裡握著一把弓。

儘管這把弓比尋常木弓還要大，但握在高挑男子手裡反倒感覺有點小。

男子的服裝或許已經超越奇妙，當以「異樣」形容。

首先吸引人目光的是縱向披覆在身上的，帶有花紋的長布。

這塊布並非披在肩膀上。

而是布料中心置於頭頂，直接徹底覆蓋住臉部和後腦杓，再以遮蓋身體前方與背後的形式垂落。

足以從布的縫隙間看見的臉部器官，頂多只有耳朵，甚至難以判斷本人是否有辦法看見前方。

縱然此人在長布下還纏著腰布、穿有貼身褲和鞋子，但上半身除長布外沒有任何衣物，只有深色染料塗滿所有裸露出來的皮膚。

另外還有白色染料在身體上描繪某種花紋，但由於前述的長布，而無法得知花紋整體的樣貌。

這名打扮乍看下宛如會從恐怖遊戲中冒出來追殺主角的男子，布料覆蓋下的臉龐輕輕勾起微笑，接著默默地輕鬆拉緊弓弦。

隨後他的手指從弓弦上離開，一支箭矢射出。

遠遠超越風速，甚至凌駕於音速。

×　×

史諾菲爾德上空

如斬擊般的風勢，呈一直線穿越史諾菲爾德的街道。

當空氣被撕裂，衝擊波釋放，周圍響徹轟鳴時，早已是在此風吹過之後。

風的中心有一支箭矢。

前進的位置則瞄準矗立於史諾菲爾德市中心的高樓大廈「水晶之丘」最頂樓。

謎樣男子射出的箭矢從溪谷的高地開始連片刻都未曾減速，高度也不曾下降，箭矢就在不違背物理法則的同時猶如雷射光般突飛猛進。

箭矢的移動距離已經達二十公里，光憑這點，即可證明弓箭手男子並非人類或尋常的魔術師。

衝擊波奔馳於城鎮上空，射程下方的建築物玻璃由於音爆與衝擊而接連粉碎四散。

若是被這種箭矢擊中，別說人類，就連英靈都無法安然無恙。

這支箭是一旦刺中腦門，就會立刻讓上半身粉身碎骨的一擊。

箭矢朝目標一直線地不斷邁進。

邁向盤據在水晶之丘最頂樓的英雄王吉爾伽美什──

佇立於他身旁的，身為主人的少女頭部。

×　×

「水晶之丘」皇家套房

原本面向吉爾伽美什的緹妮忽然將目光轉向北側窗戶。

「咦……？」

聲音尚未抵達。

緹妮也只是感受到天空滿布奇妙的魔力亂流，因而下意識朝該方向看過去罷了──

當她感受到風被撕裂時，早就為時已晚。

渺小的點化作「死」，已經迫近到少女的反應速度來不及的距離。

不論採取何種動作，都沒有任何方法能避開超越音速並緊逼而來的箭矢。

至少對她而言是如此。

「……」

當箭矢於剎那間逼近到距離旅館僅二十公尺處時，玻璃外側頓時響徹雷鳴。

眩目的光輝閃爍，無數細小雷光於天空奔竄。

而其中一道雷似乎直擊箭矢，理應化為必殺的一擊在觸及前於半空中四散。

不過，衝擊波造成玻璃粉碎，碎玻璃襲向待在室內的眾人。

「【　　　　　　　　　　】」

無聲的詠唱。

自緹妮手上捲起的風，化為防護壁彈開即將灑向自己、吉爾伽美什和黑衣人的碎玻璃。

「請問您沒事吧？」

調整好呼吸後，她詢問吉爾伽美什。

接著，英雄王毫髮無傷，但心情欠佳地答道：

「沒問題。」

「剛才的雷到底是……」

「雷擊本身是我的寶具。看樣子，是迎擊到某種東西了。」

聽見吉爾伽美什滿不在乎地這麼說後，緹妮不禁嘀咕：

「迎擊？」

緹妮望向窗外後，發覺大樓上層位置有複數圓盤飄浮。

替優美遠景添加幾何圖案裝飾的寶具，纏繞著細雷的同時彷彿警戒周遭般不斷盤旋。

「是自動防禦寶具。因為我的朋友有可能發動奇襲，為防萬一才會設置……」

吉爾伽美什直接望向北邊，再從「寶庫」內抓出一件寶具。

他抓出的寶具依然飄浮在半空中，是支嵌入奇妙扭曲鏡片的金色圓環。

這只是單面鏡片，卻能像望遠鏡般透映出遠方景色。

「沒想到，居然會彈開區區一介弓兵之流的箭矢。」

出現在圓環中的，是面朝他們展露桀驁不遜姿態的持弓男子。

「弓兵……？」

緹妮腦內閃過疑問。

所謂弓兵應該只有這裡的吉爾伽美什。

既然如此，那對方應該是以弓為武器的刺客或狂戰士等其他職階才對。

緹妮透過金色圓環看見那名弓兵，首先因為對方的能力值之高感到訝異。

假如單純只看能力值的合計值，甚至還超越吉爾伽美什。

——果然是狂戰士……？

吉爾伽美什在警戒的緹妮前方面無表情地輕聲說道：

「……來了嗎？」

然而這已經是在「第二箭」射出之後。

雖然自動防禦寶具的雷擊發動，因此迎擊到飛來的箭矢——但即使數道雷電擊中，箭矢依然穿過雷擊的縫隙朝吉爾伽美什飛來。

電在空氣中傳導的速度——雷速，儘管比光速要慢，但速度上要捕捉尋常弓箭已然相當充足。

但箭的速度超越人類的極限。

吉爾伽美什立刻讓鎧甲顯現，用左手的手甲拍開那支箭矢。

然而，或許是無法徹底扼殺箭矢的威力，鎧甲的一部分碎裂，金黃碎片掉落至地板上。

「……哦。」

吉爾伽美什以冷漠神情凝視自己鎧甲的缺損處，再稍微瞇細雙眼——

「雖然這使弓的身手了得……這不懂禮儀的野蠻人，就讓我把你變成寶庫內寶物的除鏽器吧！」

下個瞬間——

碎裂的玻璃外，一件巨大寶具以停靠最頂樓的形式出現。

「那是……」

「緹妮，妳坐到後方。」

「請問這樣好嗎？」

「要是妳留在此處，我就無法從那可恨的箭矢中保護好妳。在我實踐和朋友的諾言前，身為主人的妳要是死了，我可是會很頭痛的。」

緹妮對淡然宣告的「王」那強而有力的言詞頷首，隨後搭上巨大寶具的後方。

那件寶具——擁有類似金色遊艇卻長有巨型妖精翅膀的外觀。

寶具「維摩那」。

既是吉爾伽美什持有的所有寶具的其中一件，也是艘小型空中戰艦。

據稱囊括一切寶物在內的王之財寶，其中不僅有武具，甚至包含人類孕育出的所有睿智結晶在內。

當緹妮爬上維摩那後方時，吉爾伽美什便讓金色機體起飛。

即使急遽加速使緹妮幾乎要被吹飛，但她靠著驅使避風和操作重力的魔術，總算得以調整好平衡和呼吸。

吉爾伽美什以雙臂環胸的威風站姿佇立船首，同時讓船艦呈一直線朝弓兵方向奔馳。

偶爾會有弓兵釋放的箭矢飛來，但周圍展開的數十種類的迎擊系統，完美擊墜逼近而來的箭矢。

「好厲害……」

少女重新確認過自己搭乘在怎樣的船艦上，接著忍不住開口。

「連這種東西都……」

理應捨棄情感的少女，她發出的聲音中所蘊含的情感究竟是恐懼，還是憧憬呢？

×　　×

史諾菲爾德北部　溪谷高地

「……哦。」

當弓兵目睹抵達自己眼前的金色船艦後，沉靜地嘀咕。

低沉的嗓音。

在那嗓音背後不僅包含老實的感嘆之色，甚至還帶有些微自嘲。

「發動奇襲的人是你，總不會想求饒吧？」

吉爾伽美什從船首降落至高地，他的話讓佇立十公尺前方的詭譎弓兵緩緩抬頭。

「……」

「你有遺言嗎？」

儘管吉爾伽美什詢問，神祕弓兵卻不做任何回應。

他依然保持沉默，並平靜地拉緊弓弦——

朝向從維摩那後方探頭窺視的緹妮，毫不猶豫地釋放箭矢。

「！」

超越音速的箭矢逼近緹妮的臉部。

儘管衝擊波因為強而有力的風之障壁而得以減輕，卻無法徹底防禦箭矢本身。

緹妮再度認知到迫近眼前的死亡——

維摩那附加功能的擊迎寶具卻在箭矢擊中的前一刻將其擊墜。

「蠢蛋，你以為我下來就不會發動嗎？」

「……」

弓兵無視吉爾伽美什的話，繼續射出第二和第三發箭矢。

縱然妮緹已經躲到船艦內側，弓兵仍舊以打算貫穿裝甲的氣勢持續拉弓。

啪嘰一聲，從吉爾的腦側響起。

想必見者均能明白。

弓兵並非認真打算連同緹妮射穿船艦——純粹只是想挑釁名為吉爾伽美什的英雄罷了。

吉爾伽美什或許沒察覺到對方在挑釁，也或許是已然察覺，卻因對方無視自己並不斷狙擊身為主人的少女而焦躁，他平淡的口吻中籠罩憤怒色彩並繼續說道：

「原來如此，若是執著於勝利，或者想走向輕鬆取勝的道路，這麼做的確是正確選擇。是我或許也會視情況，和你耍同樣的把戲。」

接著，下個瞬間——

「不過啊，那些事是因為我才能做！非你這種泛泛之輩所能允許的行徑！」

吉爾伽美什高喊極為不合理的內容，同時於背後敞開「國王的財寶」的門，射出無數寶具。

面對參雜高等級寶具的利刃之雨，弓兵顯得不堪一擊。

但他揮舞拿在左手的弓，以甚至超越英靈常識的速度打落射出的寶具。

「什麼？」

「……」

毫髮無傷地將數十件寶具打落的英靈，緘默不語地對吉爾伽美什舉起手——他將掌心朝上，挑釁地對吉爾伽美什比出儘管放馬過來的手勢。

看見此景的吉爾伽美什瞇細雙眼，讓壓抑激情的說話聲自高地響徹周遭。

「……原來如此，你實在是個手的習慣不怎麼好的傢伙。既然如此……這樣如何？」

吉爾伽美什露出壞心眼的笑容，並在高地上展開「國王的財寶」。

呈現四面八方包圍弓兵的形式展開的寶庫入口，簡直像龍捲風般開始扭動。

接著，無數寶具以如同機槍的態勢射出，可謂光與衝擊的龍捲風在高地上高高築起。

數量達數十、數百、數千的寶具朝龍捲風中心的男子墜落。

那或者是利刃。

那或者是睿智。

那或者是疼痛。

那或者是救贖。

有屠龍的長刀。

有賜予破滅的魔劍。

有弒殺英雄的長槍。

有缺少固定型態的雷電。

有掌握在人類手中，或是藉由人手孕育出的形形色色寶具。

其原典被毫不吝嗇地投擲而出。

從上下左右，甚至全方位射出的，是人類編織出的地獄豪雨。

緹妮目睹如此驚人的光景，不禁冒出那個弓兵恐怕連肉片都不會殘留的想像。

然而，當龍捲風平息後，出現背叛吉爾伽美什與緹妮預期的景象。

那即是渾身毫髮無傷的弓兵拍打著沾在長布上的塵埃——與堆積在周圍的無數寶具山。

「怎麼會……」

相較於雙眼圓瞪的緹妮，吉爾伽美什則沉默不語地凝視對手。

沉默暫時支配高地——

那份寂靜卻被弓兵的憋笑聲粉碎。

「呵……呵呵……呵……呵噗……呵哈……呵哈哈……」

從長布下傳出的是明顯包含譏諷意味的笑聲。

「……有什麼好笑。」

吉爾伽美什面無表情地提問，弓兵則對他清楚吐露那句話。

「──太弱了。」

此為若被昔日與吉爾伽美什對峙的人們聽到，甚至會懷疑對方神智是否清醒的一句話。

「……」

緹妮甚至產生周遭氣溫急遽下降的錯覺。

「你只會沒頭沒腦地投擲武具嗎……那乾脆朝我灑把沙子還好一點……」

神祕弓兵在這種氛圍中繼續說道。

「能被此等兒戲解決的，若非脆弱到不行的弱者……就是無法保持理性的野獸。」

儘管聲音微弱，內容卻並非單純的嘲諷，而是能讓人感受到蘊含某種固執與執著的強而有力的言詞。

「……哦？」

此刻吉爾伽美什的表情才產生變化。

緹妮擔心吉爾伽美什或許會勃然大怒──但他的嘴角反倒浮現一絲笑意。

自此瞬間，支配吉爾伽美什的感情，從「對無禮襲擊者的憤怒」切換為「對強者的好奇心」。

神祕弓兵對這樣的英雄王宣告：

「……你儘管拔出放在倉庫最裡面的那把劍，如此我們便能對等。」

或許是從其他人手中掌握到情報，也或許是透過剛才的攻擊感受到「寶庫」內滿溢格外特殊的氣息，弓兵因而朝對手宣告說「拿最強武器出來」。

吉爾伽美什笑著咬牙，愉快地向對手挑釁回去。

「開天劍形同我的分身，並非該對你這般弱者使出的劍。」

接著，吉爾伽美什手裡出現另一柄代替開天劍的劍。

原罪。

據說是流傳於世界各地，選定之劍的原典。

想必他是打算藉這柄劍來正確選定對手。

鑑別對方是否為值得拔出自身象徵，即是拔出開天劍的對手。

「證明給我看，證明你是值得謁見開天劍的對手。」

「……愚蠢……明明只要拔劍就可免於一死。」

弓兵輕聲嘀咕後，將沒拿弓的右手在身體側邊打直。

於是此處便出現新的「布料」。

那塊布料一眼望去只像印有樸素花紋的腰帶，但在能以不同觀點辨別的人們眼裡看來，立刻就能理解那是何等異常的物品。

「那塊布……毫無疑問是寶具……！」

在緹妮眼裡看來，那塊帶狀布料纏繞的魔力實在異常。

吉爾伽美什看見那塊簡直像神本尊所使用過，纏繞濃密神氣的布料後，稍微謎細雙眼。

「和我認識的神是不同性質的氣息。不過，源頭算是一樣嗎……」

對自稱厭惡神的吉爾伽美什而言，那是令他感到有些不是滋味的寶具。

然而，事到如今那名弓兵又會讓他見識到怎樣的變化，讓他很在意。

既然「國王的財寶」對弓兵不管用，即使想偷襲對方也沒辦法。

吉爾伽美什露出半分期待的眼神，威風凜凜地駐足並等待對手行動。

「……」

弓兵於布料後方勾起笑容，擺出準備解放寶具力量的架勢——

數秒後，滿溢神氣的一擊動盪大地。

×　×

「吉爾……好像在跟很強的人戰鬥……？」

恩奇都停止作業，將視線轉往森林東北方。

儘管該方位僅有遼闊的森林，但恩奇都能看見其他資訊。

基於感知氣息的能力，他不僅能感受到千里迢遙的吉爾的強烈氣息，甚至還能感受到與他程度相當的強烈氣息。

「真奇怪，總覺得已經超出受聖杯戰爭召喚的英靈數量了？」

雖然恩奇都冒出疑問，但他認為即使發生這種事也不足為奇，於是便繼續作業。

他感受著吉爾伽美什的氣息，一邊做好心裡準備，假如他的氣息變弱就立刻過去看他的情況如何。

「咦？」

然而，恩奇都不出幾分鐘便察覺到異常。

因為在朋友與某人戰鬥的地點旁邊，突然出現截然不同的氣息。

「又增加一名……氣息強烈的人。」

高地

×

×

滿溢神氣的一擊撼動大地。

不過這並非神祕弓兵釋放的一擊。

弓兵打算讓看似寶具的布料釋放力量的瞬間，卻從不知某處冒出馬匹，一名騎馬的少女在弓兵身後下馬。

「……咦？」

從維摩那後方座位探頭的緹妮，目睹難以置信的景象。

少女的年齡看上去約莫十六歲至十八歲，至少怎麼看都不像超過二十歲。

長髮整齊盤在腦後，柔軟的布料配合皮革製成的獨特服裝，包覆她那膚色健康的身軀。

整體氛圍給人活潑印象的少女，神情凜然地無聲走到弓兵背後。

「……？」

吉爾伽美什蹙眉，弓兵察覺到他的視線，因此打算回頭——

被布料覆蓋的臉部卻深深吃進少女的拳頭。

只會讓人以為根本是爆炸的衝擊聲響起，弓兵的身體以砲彈般的態勢被彈飛。

弓兵的身軀深陷另一座高地的壁面，窄小的高地開始崩塌。

經過一瞬間的沉默後，單純的事實支配該空間。

即是吉爾伽美什從「國王的財寶」射出的寶具對男子絲毫不管用，但男子卻被少女纖細的手臂給揍飛的事實。

然後，少女以籠罩強烈憎恨目光的視線瞪起被碎石活埋的弓兵——再瞥一眼位處背後的緹妮與吉爾伽美什後斷言：

「那邪魔歪道是我的獵物……你們別插手。」

隔一段空檔後，吉爾伽美什瞇細雙眼開口道：

「所謂掃他人的興就是指這回事……小姑娘。」

緹妮從吉爾伽美什的音調判斷，他現在很明顯心情欠佳。

原本令內心振奮的較量卻被潑一盆冷水，會憤怒也是理所當然。

更進一步說，在較量時被潑冷水的情況，從第一天算起已經碰上第二次。
緹妮面臨這一觸即發的情況，她希望至少打探出對方的真實身分。
然後，僅一項事實讓少女深陷混亂。
前一刻弓兵纏在手臂上疑似寶具的布料。
和那塊布料如出一轍的物品，正纏在眼前這名少女的手臂上。
不僅描繪於布料上花紋一模一樣。
就連撼動周圍空氣的濃密神氣，都沒有絲毫不同。
——難道是……同樣寶具……？
就在緹妮陷入混亂，吉爾伽美什則置身於平靜的憤怒漩渦時——
崩塌的高地碎石，伴隨轟鳴並宛如火山爆發般被彈飛。

真偽混雜的聖杯戰爭。
強者們聚集於大地——
並將聖杯的命運，拽入更深邃而混沌的泥沼中。

接續章
「某日，森林中」

午後　大森林

女刺客將近半天時間都在森林內徘徊。

她選擇的應該是回到城鎮的最短路程，卻無論如何都走不出森林。

接著她使用「瞑想神經（zabaniyah）」確認過周遭地形後，結果發覺一項麻煩的事實。

看來這片遼闊的森林，是順從某人的意志而蠢動。

地面一點一滴移動，藉此改變行進方向。

利用「瞑想神經（zabaniyah）」應該就能輕易穿越森林，但她忽然想到。

——製造出這片森林結界的人是誰？

——是敵人還是同伴，只有這點非確認不可。

——假如能引誘那隻魔物進入這結界裡，或許戰況會對自己有利。

女刺客如此思索，一邊慎重邁向魔力更加濃郁的方向。

她在前方看見的是——

兩名疑似英靈的人物在森林內對峙的模樣。

「真虧你有辦法來到這裡。若非格外受到森林喜愛，或是有什麼特殊力量，我想應該沒辦法來到這裡……」

「洛士利……嗯，我是讓我的好友幫我帶路。」

「哦？是嗎，你看起來有很多朋友呢。」

聽到槍兵這番話後，劍兵的英靈竊笑著。

「你能看見？」

「能看見一點。」

交換過奇妙的對話後，槍兵對劍兵提起正題。

「然後呢？你找我有什麼事？」

於是劍兵邊凝視在他背後撫摸狼的眼鏡少女邊說道。

「哎呀，我既不知道你的真名，也不曉得你是什麼英靈……我到處走動，想說就拜託第一名看見的英靈。」

接著劍兵明確說出那項提議。

視情況而言，或許會是讓這場「聖杯戰爭」更加陷入混沌漩渦的一句話。

「有沒有打算和我們組成同盟？」

該提議實在過於唐突。

當槍兵露出呆愣神情再凝視劍兵後，他邊露出溫柔微笑邊開口。

然後，他所給的答案是——

next episode [Fake03]

CLASS

刺客

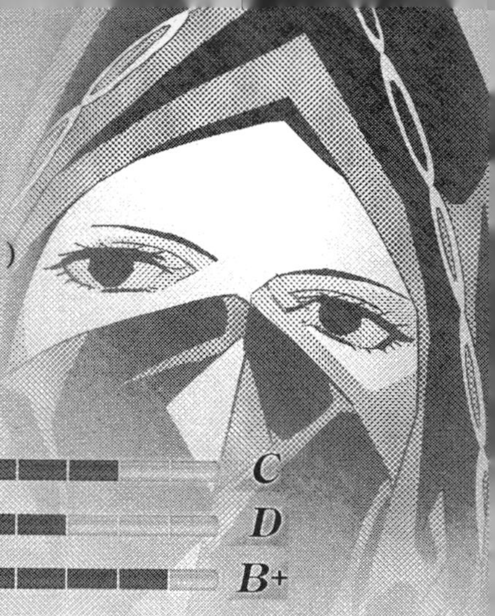

主人　死徒捷斯塔・卡托雷

真名　——（獲得英靈資格時已經拋棄真名）

性別　女

身高・體重　163cm 53kg

屬性　秩序、善

肌力	C	魔力	C
耐久	B	幸運	D
敏捷	A	寶具	B+

保有技能

狂信：A

透過超乎周遭人理解程度的信仰，藉以掌握尋常人無法獲得的精神力。
能立刻克服心理障礙，對精神操作系魔術也有強烈抗性。

職階別能力　遮蔽氣息：A-

寶具

幻想血統（zabaniyah）

等級：E～A　類別：對人、對軍寶具　範圍：–

透過讓肉體自由變質，藉此重現昔日首領編織出的十八項神技的能力。
實際上需要歷經嚴苛的肉體改造，但由於英靈化，而變得能讓肉體自由變質。
其威力和原形的神技相比則是各自有差。

CLASS

真刺客

主人　法迪烏斯・迪奧蘭德

真名　哈山・薩瓦哈

性別　男

[redacted]

連法迪烏斯也無法確認

[redacted]

保有技能

影燈籠：A

能與影子本身同化的技能。因為能經由黑暗獲得周遭的魔力，
只要不實體化，就幾乎不需要靠主人供給魔力。
只要不使用令咒，就連面對主人都能隱藏能力值。

職階別能力

遮蔽氣息：EX
（能和世界本身同化，僅轉為攻擊的瞬間會變成A+）

寶具

[redacted]

後記（由於會洩漏本篇劇情，閱讀時還請注意）

如此這般，請容我替各位獻上《Fate/strange Fake》第二集。

因為總覺得自己很亂來，所以很擔心是否能通過以奈須老師為首的各相關處的檢查，但最後能像這樣平安將本書送達各位手裡，實在感慨萬千。

我想劇情從現在開始將會錯綜複雜地糾結在一起，希望各位讀者今後也能期待故事發展。

順道一提，最後出現的謎樣女性英靈，基於她的髮型描述，或許會讓「Fate」系列的老粉絲心中產生「喂喂喂，該不會又是劍兵臉吧？」的想法，不過請各位放心（或者是感到遺憾），因為她們只是髮型相似，臉是不同人。至於髮型相似的理由，嗯，這就只是不曉得直到最後一集都有無機會提到的瑣碎細節。

就是這麼回事，七年前的愚人節企畫時還沒誕生的新英靈們開始逐一露臉，若是有對這方面頗為熟悉的讀者，想必立刻就能猜出他們的真面目。

順道一提，關於各種英靈的生前軼事，雖然我有參考過各方資料書籍和研究書內提到的傳聞，若是因為改編成本作世界觀的強烈風格，導致產生跟史實有出入的部分，責任全在我身上，還請麻煩各位當成「這個世界的史實就是這樣」吧。

例如魔法師和「劇院鄰座男子」的插曲是來自蓋伊．恩道爾氏的名著《巴黎國王》這本傳記小說，此書描述遠比我寫的更加優美和詳盡，和吸血鬼的前後交流也非常生動，請各位有機會時務必閱讀（當然關於死徒云云的故事都是本書原創附加的內容）。

接著，在第一集時我透過信件等方式，收到許多讀者提出類似「恩奇都的能力值好像會變動，那最關鍵的合計值呢？」的問題，關於此事，我在書籍上市前和奈須老師的商量，實在是段美好的回憶。

我：「關於恩奇都的能力值，因為有『變容』，所以我希望能先確定綜合值。」

奈須老師：「嗯，畢竟是恩奇都，就定為A級，能力值全部是A。」

我：「全部是A？不，可是全部都A的話，不就比第五次的狂戰士還高嗎！大家絕對會說『作者都偏袒這名英靈！根本是瑪麗蘇（※在二次創作等文學中「比原作角色強上許多，還很受異性歡迎又很幸運，反正就是我想出來的最強原創角色啦，呀呼～！」這種感覺的角色的統稱）！』啦！」

奈須老師：「別被迷惑。」

我：「不，可是全A的話，數值會比迦爾納還高耶。」

奈須老師：「別被迷惑。」

我：「老實說連我都覺得『數值也灌水太多』而有點退卻……」

奈須老師：「我都說了別被迷惑！」

我：「呃！」

奈須老師：「你應該逆向思考，涅墨●斯……全部A是基本，例如把肌力定為A⁺的話，其他部分就減少兩級……」

我：「這是何等冷靜且精確的設定構築能力……！」

奈須老師：「然後──舉例來說（嘰哩呱啦嘰哩呱啦）。」

我差不多是像這樣接受老師的監修，結果恩奇都的綜合值在第一集的時間點，大概就是「比全A稍低」這種模糊的感覺。身為主人的銀狼如果能痊癒，想必全A也不是夢想（至於嘰哩呱啦的內容請容我先保密）。

儘管如此，奈須老師在我還在擬定大綱階段時也曾對我說：「不管設定如何膨脹，反正到了本篇都能想辦法處理！反過來說，要是畏畏縮縮裹足不前地寫故事，對誰都沒有好處，所以你千萬別這麼做，男孩！」由於我受到如此強烈的鼓勵，因此也能放開手盡情寫下去。

……話雖如此，但漢薩變成全身改造人，果然還是讓我有種「搞、搞砸了嗎……？」的感覺……不過肯定沒問題，因為聖堂教會的科學技術是世界第一。

還有最後登場的謎樣弓兵，也是有十足理由能與以「最古老且最強的英雄」而遠近馳名的吉爾伽美什分庭抗禮的英靈，所以還請各位以長遠的眼光來看待！

附帶一提，因為我不曉得這次會不會刊載能力值，所以還是要提一下，由於法迪烏斯召喚出的刺客英靈有「遮蔽氣息ＥＸ」的技能，取而代之的是，一般數值會比歷代刺客要來得低。這就是平衡！

話說回來，在我接受監修時，還得知「吉爾伽美什對死徒不太清楚」的事實和理由（雖然與「Fake」沒有直接關係），這類的祕聞實在相當有趣……！

下一集，綾香的詳細過往和劍兵的真名將會真相大白……這部分其實還不確定，但在各方陣營彼此糾纏下，史諾菲爾德將會陷入越來越麻煩的局勢，還請各位以長遠眼光看待！

而我大概會維持每年寫兩集的步調，請各位多多指教！

因為截稿時間而被我添了諸多麻煩的編輯阿南，以及幫忙調整同時進行的《無頭騎士異聞錄DuRaRaRa!!》排程表的責任編輯和田，還有編輯部的各位。

在《Fate》衍生作品方面受到諸多關照，以虛淵玄老師、東出祐一郎老師、櫻井光老師、磨伸映一郎老師、三田誠老師為首的相關人等。

幫忙進行部分使役者設定考據的Team Barrel-roll。

不僅描繪與本書同時進行的漫畫版《Fate/strange Fake》第二集，還在百忙之中繪製美妙插圖的森井しづき老師。

然後最重要的是，創造出名為「Fate」的作品並替我監修的奈須きのこ老師＆TYPE-MOON的各位——和閱讀本書的各位讀者。

真的非常感謝你們！

２０１５年４月　一邊參加TYPE-MOON的愚人節活動。　成田良悟

國家圖書館出版品預行編目(CIP)資料

Fate/strange Fake / TYPE-MOON原作；成田良悟作；
北太平洋譯. -- 初版. -- 臺北市：臺灣角川,
2016.06-
冊； 公分
譯自：Fate/strange fake
ISBN 978-986-473-147-3(第1冊：平裝). --
ISBN 978-986-473-321-7(第2冊：平裝)

861.57 105006844

Kadokawa
Fantastic
Novels

Fate/strange Fake 2

（原著名：Fate/strange Fake 2）

2016年10月20日　初版第1刷發行
2023年3月16日　初版第6刷發行

作　　者：成田良悟
原　　作：TYPE-MOON
插　　畫：森井しづき
日版設計：WINFANWORKS
譯　　者：北太平洋
發 行 人：岩崎剛人
總 編 輯：蔡佩芬
編　　輯：黃怡珮
美術設計：莊捷寧
印　　務：李明修（主任）、張加恩（主任）、張凱棋
發 行 所：台灣角川股份有限公司
地　　址：104台北市中山區松江路223號3樓
電　　話：（02）2515-3000
傳　　真：（02）2515-0033
網　　址：www.kadokawa.com.tw
劃撥帳戶：台灣角川股份有限公司
劃撥帳號：19487412
法律顧問：有澤法律事務所
製　　版：尚騰印刷事業有限公司
ISBN：978-986-473-321-7